자신의 벽

요로 다케시(養老孟司) 지음

노엔북

머리말

이 책은 최근에 자주 떠오르는 내 생각을 정리한 것입니다. 첫 번째 주제는 「자신」에 대한 것입니다. 나머지는 그 주제와 얽혀 있는 다양한 이야기들입니다.

오래전부터 나는 내 「자신」에 대해 계속 생각해 왔던 것 같습니다. 이상하게 들리실지 모르겠지만 유치원생 때부터가 아닐까 싶습니다.

나는 어떤 존재일까? 나는 어떤 개성을 가진 인간일까? 그런 깊은 사고로부터 우러나오는 생각이 아니라, 나 자신이 왠지 세상과 잘 어울리지 못하는 것 같고, 내게 무슨 문제가 있는 건 아닐까 하는 생각이었습니다. 유치원생 때 나는 자주 몸이 아파서 등원을 못 하는 날이 많았습니다. 한동안 유치원을 안 가다가 다시 가려고 하면 뭔가 거부감 같은 것이 들었습니다. 오랜만에 유치원에 갔을 때 친구들이나 선생님이 나를 어떻게 볼까? 그런 생각이 들면, 갑자기 창피하고 불편한 그런 느낌이 드는 게 정말 싫었던 것 같습니다. 어른들은 그런 나를 보며 아무도 너를 신경 쓰지 않는다고 말했지만 나는 이상하게도 매번 이런 남들의 시각이 너무 신경이 쓰여서 유치원에 가고 싶지 않았던 것입니다.

내 마음 깊은 곳에는 대체 어떤 생각이 들어있었던 걸까요? 가족은 차치하고, 나 이외의 사람들로 구성된 이 세상에서 내가 이대로 안심하고 내 맘대로 행동해도 되는 건지 잘 모르겠다는 생각이 들었습니다. 이런 생각은 내가 꽤 나이가 들 때까지 계속되었습니다. 어쩌면 이런 생각들이 점점 나의 천성 같은 것이 되어 버린 건지도 모르겠습니다.

예를 들어 보겠습니다. 나는 의과대학을 졸업하고 의사면허를 취득했습니다. 그런데 인턴은 거쳤지만, 임상의가 되지 않았습니다. 그 이유는 「나 같은 사람이 의사가 되면 얼마나 많은 환자들이 죽어 나갈까?」 문득 그런 생각이 들었기 때문입니다. 누가 봐도 이건 좀 비정상적으로 보일 수 있습니다. 그도 그럴 것이, 내 동기들은 대부분 같은 교육을 받고 대부분 임상의가 되었거든요. 국가도 일단 정해진 수련을 제대로 마쳤다고 인정해 면허를 준 것인데, 제가 그것을 신뢰하지 않는 셈입니다. 나 자신을 믿지 않는 사람이 바로 나 「자신」이었던 거죠.

그러니까 나는 세상과 잘 타협이 안 되는 사람인 것입니다. 세상이 요구하는 것을 일단은 모두 끝냈지만, 그 결과로부터 기대되는 일에 대해서는 제 멋대로 생각해 버리는 거죠. 세상이 잘못된 건 아닙니다. 오히려 이상한 건 바로 저 자신이죠. 그래. 너는 네가 그런 사람인 걸 처음부터 알고 있었던 거야! 라고 단언하지 마시고 제 이야기를 끝까지 읽어주시기를 바랍니다.

　나의 마음속을 조금 더 깊이 파고들어 가 보면 막다른 곳에 이릅니다. 거기에는 내가 과연 정말 의사가 되고 싶었던 걸까? 라는 동기가 있습니다. 사실 나는 무의식적으로 의사가 되고 싶지 않다고 생각하고 있었던 건 아닐까요. 의사가 되고자 했던 건 내 진심이 아니다. 나 같은 사람이 의사 수련을 하면 어떻게 될까요? 아마 저는 그 과정을 잘 마치기 위해 그 누구보다도 열심히 노력했을지도 모릅니다. 왜냐하면 그 근본에는 거짓이 있기 때문에, 동기들을 따라잡기 위해서는 훨씬 더 많은 노력을 해야 한다는 걸 무엇보다 나 자신이 너무나 잘 알고 있었을 테니까요. 좀 복잡한 이야기이긴 한데, 그동안 난 계속 그렇게 생각하며 살아오지 않았을까 하고 시간이 꽤 지난 후에야 비로소 깨닫게 되었습니다. 「좋아야 잘하게 된다」는 말이 있습니다. 좋아하지 않는 일을 잘하려면 남들보다 엄청난 노력이 필요한 겁니다. 게다가 결국에는 결말이 그리 좋지 못할 것입니다. 실제로 제가 그렇게 된 것 같습니다.

참고로 문학 이야기를 좀 해보겠습니다. 지금까지 제가 말해 온 것들은 소설에 이미 쓰여 있습니다. 톨스토이의 『안나 카레니나』의 첫 부분을 읽어 보면 안나 오빠의 삶의 방식에 관한 내용이 나옵니다. 나츠메 소세키(夏目漱石)의 『산시로(三四郎)』에서는 미네코가 마지막에 산시로를 만나는 장면에서 「나는 나의 허물을 알고 있다. 나의 죄는 항상 내 앞에 있나니」라는 성경의 구절이 인용됩니다. 젊었을 때부터 저는 이 소설들에 나오는 이 구절들을 잘 기억하고 있었습니다. 그것을 기억하고 있었다는 그 자체가 저 자신에 대한 해답이 되어 주었다는 말입니다. 참 어렵군요. 해답은 눈앞에 있는데, 자신이 그것을 잘 알고 있음에도 불구하고 정답이라고 생각하지 않는 것입니다.

나머지는 본문을 읽어주시기를 바랍니다. 여기에 쓴 내용과 관계가 없어 보이거나, 모순된다고 생각하셔도 좋습니다. 그렇지만 결국 이는 모두 한 사람이 쓴 것입니다. 자신의 문제를 사람들 앞에 드러낸다는 것은 참으로 두려운 면이 있지요.

목차 ―

머리말

제 1 장

나 「자신」은 화살표에 불과하다

자신보다 타인을 아는 것이 낫다

최근 들어 제가 지속적으로 생각해 온 것은 나 「자신」에 관한 문제입니다. 이는 개인적인 문제라기보다는 일반적인 「자신」, 즉 「자기」, 「자아」, 「자아의식」 등으로 바꿔 말해도 좋을 것입니다. 앞으로는 편의상 「자신」이라는 표현을 주로 사용하겠습니다.

요즘 사람들은 「자신」을 중요시하는 경향이 강합니다. 이것은 서양으로부터 받은 영향이 크다고 할 수 있겠지요. 그 결과 개인의 「개성」과 「독창성」이 매우 중요하다는 말이 난무하게 되었습니다. 교육 현장뿐만 아니라 직장에서도 「개성의 발휘」를 요구하는 분위기가 강하게 형성되고 있습니다.

그러나 이러한 개성이 얼마나 중요한지는 솔직히 의문입니다. 저는 지금까지 그런 제 생각을 여러 번 글로도 쓰고 자주 말로도 주장해 왔습니다.

요즘 제가 자주 드는 예시는 대학 시절에 만난 한 정신병 환자입니다. 그 환자는 병실 벽에 대변을 바르는 버릇이 있었습니다. 개성이라는 측면에서 이보다 더 개성적인 사람은 보기 드물지만, 동경할 만한 대상으로는 보지 않겠죠.

누군가는 「그건 개성이 아니다. 좀 더 나은 개성이라는 것이 있다」고 말하는 사람도 있겠죠. 하지만 사람들과는 다른 점을 개성이라고 부른다면, 그 환자는 꽤나 개성적인 사람인 것만은 분명합니다.

물론 남들과는 다른 특징이나 장점이 있는 것은 좋은 일입니다. 모두가 로봇처럼 되어야 한다는 뜻도 아닙니다.

개성은 특별히 「발휘하라」고 말하지 않아도 자연스럽게 자기 몸에 배어있는 것입니다. 주변에서 멍석을 깔아줘야 보이거나 남들 앞에 나서서 자신을 드러내는 사람들에게서 나타나는 것이 아닙니다. 오히려 주변에서 억눌러도 그 사람에게 자연스럽게 남아있는 것이야말로 진정한 개성이겠죠.

개성은 내버려두어도 누구에게나 있습니다. 그렇기 때문에 이 세상을 살아가는 데 중요한 것은 「다른 사람과 무엇이 다른가?」가 아니라 「다른 사람과 같은 공통점을 찾는 것」입니다.

이상적인 자아상을 가진 적이 없다

나는 스스로 「나는 누구인가」와 같은 고민을 해 본 적이 없습니다. 나이가 든 지금도 그렇지만 사춘기 때조차도 그런 고민을 하지 않았습니다.

자아가 강하지 않았다고도 말할 수 있을 것입니다. 항상 주변을 둘러보고는 나를 가장 잘 받아줄 것으로 보이는 곳에 내 몸을 맡기곤 했습니다. 젊었을 때부터 저는 주변으로부터 「조금만 더 적극적인 사람이 되어라」는 말을 자주 들었습니다만, 아무리 내가 하고 싶은 일이 있어도 결국은 모든 것은 주변과의 관계에 의해 결정되는 것이라고 믿었습니다.

그 때문에 이성 문제로 고민해 본 적도 없습니다. 아무리 혼자서 이것 저것 고민한들 상대방이 반응하지 않으면 아무 소용이 없다는 것을 알았기 때문입니다. 그래서 지금도 연애에 관한 한 저는 할 말이 없습니다.

「이상적인 자아상」 같은 것도 가져본 적도 없으니, 그런 목표를 향해 노력해 본 적도 없습니다. 이상형을 향해 노력하는 사람을 부정할 생각은 없습니다. 예를 들어 야구선수가 수치적 목표를 세우고 열심히 노력하는 것은 너무나 당연하겠지요. 선수들은 구체적으로 목표를 정해야 할 일이 눈에 보이니까요.

하지만 저는 젊은 시절 무엇을 해야 할지 도대체 앞이 보이지 않았습니다. 어린 시절, 주변에서 너는 커서 뭐가 되고 싶냐고 물으면, 고작 할 수 있는 대답은 「군인은 되기 싫어」라는 짧은 말이었습니다. 하고 싶지 않은 일은 알고 있지만 무언가 되고 싶은 것은 없었습니다. 물려받아야 할 가업이라도 있었으면 그것을 하면 좋을 텐데 그런 것도 없었습니다. 의과대학에 진학한 것도 거기를 나오면 뭐라도 할 일이 있을 것 같은 막연한 생각이 들었기 때문입니다.

지도 속의 화살표

오래전부터 내 마음속에는 「자신」이란 대체 무엇이냐는 물음이 남아 있었습니다. 그러나 막연하게나마 그에 대한 답이 보이기 시작한 것은 「동물은 '자신(self)'을 가지고 있는가?」라는 생각을 하기 시작하면서부터입니다. 우리는 「자신」이 당연히 있다고 생각하고 있습니다. 오히려 「자신」은 없다고 생각하는 사람이 거의 없죠.

하지만 동물도 그럴까? 그걸 한번 생각해 봅시다.

많은 동물은 돌아갈 둥지나 보금자리를 가지고 있습니다. 가장 쉽게 이해할 수 있는 예는 벌입니다. 벌들은 규칙적으로 자기 둥지로 돌아옵니다. 딱히 벌뿐만 아니라 많은 동물이 길을 잃지 않고 둥지로 돌아갈 수 있습니다.

어떻게 이것이 가능한 것일까요. 그것은 그들이 머릿속에 지도를 가지고 있기 때문입니다. 자신이 지금 어디에 있고, 자기가 돌아가야 할 둥지는 남쪽에 있다는 정보를 머릿속에 가지고 있습니다.

물론 그것은 동물에만 국한된 이야기가 아닙니다. 인간도 기본적으로는 머릿속에 지도를 가지고 있습니다. 자기 집이 어디고, 지하철역이 어디고, 회사는 어디인지 알고 있죠. 그래서 평소에 아무 문제 없이 회사에 가고 다시 집으로 돌아올 수 있는 것입니다.

길치라 항상 길을 못 찾고 헤매는 사람들도 있기는 하지만 그런 사람들도 자신의 부족한 방향 감각을 어떤 형태로든 보완하며 살아가고 있습니다.

그런데 이 지도 때문에 곤란한 일을 겪기도 합니다. 저는 젊었을 때부터 산에 가는 걸 좋아했습니다. 대부분 곤충채집을 하기 위해서였죠. 시골 산에는 어디를 가나 안내판이 설치되어 있습니다. 이것도 일종의 지도입니다. 문제는 때때로 그 지도에 「현재 위치」가 표시되어 있지 않은 경우가 많다는 점이었습니다.

즉, 그 산이 어떻게 생겼고, 길이 어떻게 나 있는지에 대한 정보는 그려져 있는데, 정작 중요한 그 지도가 이 산의 어디쯤 세워져 있는지에 대한 정보가 없습니다. 그러니 당연히 내가 지금 어디에 서 있는지도 알 수가 없죠. 이러면 이 지도는 나에게 아무런 도움이 되지 않습니다. 아무리 그 산의 정보가 상세히 나와 있어도 현재 위치를 가리키는 화살표가 없다면 쓸모없는 지도일 뿐입니다.

녹아내리는 자신

제가 지금 지도 이야기를 왜 하고 있냐면, 저는 생물학적인 「자신」이란, 이 「현재 위치의 화살표」와 같은 건 아닐까 하는 생각을 하고 있기 때문입니다. 남들이 이런 이야기를 하는 것을 내가 어디선가 읽거나 들은 적은 없지만 저는 그렇게 생각하면 저 「자신」에 대한 이해가 쉬워집니다.

「자신」, 「자기」, 「자아」, 「자의식」 등을 말로 하면 상당히 거창한 느낌이 듭니다만 그것은 결국 「지금 자신이 어디에 있는지를 보여주는 화살표」 정도에 불과한 것은 아닐까 하고 생각해 보는 거죠.

실제로 이러한 점은 뇌 연구에서도 밝혀지고 있습니다. 뇌 속에는「자기의 영역」을 결정하는 부위가 있습니다. 이것을 「공간 위치 파악 영역」이라고 부르죠. 어떻게 그런 사실이 밝혀졌을까요? 그것은 그 부위가 망가진 환자의 사례를 조사하면서였습니다.

이 분야에서의 유명한 사례로 미국에서 뇌신경 해부를 연구하는 여성 뇌과학자 질 볼트 테일러(Jill Bolte Taylor 1969-)의 사례가 있습니다. 그녀는 37세에 뇌졸중을 겪고 왼쪽 뇌의 기능이 손상되었습니다. 일반인에게 뇌출혈이 생기면 의식불명에 빠지지만, 그녀는 뇌신경 전문가였기 때문에 뇌출혈이 발생했을 때「아, 내 뇌에서 뭔가 출혈이 일어난 것 같다」고 금방 알아차렸습니다. 그리고「앞으로 내 몸에 무슨 일이 일어나는지 의식적으로 잘 기억해 두자」는 생각을 했습니다.

그녀는 뇌가 정상적으로 움직이지 않게 되면서도 다음과 같은 생각을 하고 있었다고 합니다.

「좋아! 뇌에서 출혈이 일어나는 걸 멈출 수 없다면 일주일만 버티자. 어떤 식으로 뇌가 현실을 지각하는지 그동안 내가 알고 싶었던 걸 배우면 되니까.」

그러고는 거울 속에 비친 자신에게「앞으로 내가 겪는 일을 모두 기억하라」고 말했습니다. 이것은 테일러 씨의 직업의식 덕분일 것입니다. 그리고 실제로 회복 후에 자신의 경험을 담은 『기적의 뇌』라는 책을 출간하였습니다. 그 책에는 공간 위치 파악 영역이 무너졌을 때 우리는 어떻게 되는지 훌륭하게 묘사되어 있습니다.

먼저 어떤 일이 일어났는지 살펴보면, 그녀는 자신이 액체가 된 것처럼 느껴졌다고 기록했습니다. 「몸은 욕실 벽에 기대어 지탱되고 있었지만, 내 몸은 어디에서 시작되고 어디에서 끝나는지 경계가 불분명했다. 정말 말로 표현할 수 없는 기묘한 감각이었다. 내 몸이 고체가 아니라 유체인 것 같은 느낌이 들었다. 주위의 공간이나 공기의 흐름 속에 녹아들어, 더 이상 몸과 다른 것들을 구분할 수 없었다」고 말합니다.

우리는 자신의 존재를 형태가 있는 고체라고 생각하지만, 공간 위치 파악 영역이 무너지면 그것은 액체가 되어버립니다. 액체는 정해진 형태를 가지고 있지 않습니다. 우리 몸이 주르륵 흘러내리면, 어떻게 될까요. 테일러 씨는 자신이 세계와 하나가 되어버린 듯한 느낌이 들었다고 말했습니다.

이는 이치로 생각하면 잘 알 수 있는 이야기입니다. 앞에서 이야기한 지도 이야기를 한번 되새겨 보세요. 지도 안에 있는 현재의 위치를 나타내는 화살표, 그 화살표가 지워지면 어떻게 될까요? 그럼, 자신의 지도가 하나로 통합되는 것입니다.

예를 들어, 눈앞에 산이 있다고 가정해 봅시다. 머릿속에는 그 산의 모습이 있습니다. 이때 「자신」이라는 경계를 없애버리면, 산과 자신이 하나가 됩니다. 산의 이미지는 뇌 속에 있고, 그것은 자신의 일부입니다. 그 산이 자신의 외부에 있다는 것은 「자신」이라는 경계를 인식하고 있기 때문입니다.

자신과 세계를 구별할 수 있는 것은 뇌가 그렇게 선을 긋고 있기 때문이며, 「화살표는 여기」라고 정해주기 때문입니다. 그 부분이 손상되면, 눈에 들어오는 것과 생각하는 모든 것이 뇌의 「안」에 있는 것이므로, 자신의 「안」에 있는 것과 다르지 않아 구별할 수 없어집니다. 세계와 자아의 경계가 사라진 상태인 것입니다.

임사 체험이 기분 좋은 이유

다른 비유로 설명해 보겠습니다. 이 상태가 매우 명확하게 드러나는 사례가 바로 임사 체험입니다.

이 체험을 직접 해 보신 분은 많지 않겠지만 어디선가 이런 이야기를 들어 본 적은 있을 겁니다. 임사체험을 하는 과정에서 눈앞에 꽃밭이 보였다든지, 세 갈래의 강이 있었다든지 하는 여러 종류의 이야기가 있지만 이것들의 공통된 사실은 체험자의 기분이 굉장히 좋았다는 겁니다. 일종의 최고조로 행복한 상태였다고도 표현합니다. 왜 그러냐면, 자신이란 화살표가 사라지고, 세상과 일체화되었기 때문입니다.

자신이 세상과 일체화된다는 것은 주변에 적이나 이물질이 전혀 없다는 뜻입니다. 아무리 자기 자신을 싫어하고, 자살을 생각하고 있었던 사람조차 본능적으로는 자신을 「편애」하고, 세상보다도 자신을 더 소중하게 여깁니다. 그리고 세상에는 자신을 위협하는 요소들이 많죠.

그런데 순간적으로 자신과 세상을 구별하지 못하고 「전부가 자신」이 되면, 적도 이물질도 없는 상태가 됩니다. 그러니까 최상의 행복감을 느끼는 상태가 되는 것입니다. 참고로 앞에서 소개한 테일러 씨도 뇌졸중이 일어났을 때의 감각을 다음과 같이 기록하고 있습니다.

「육체의 경계에 대한 지각은 더 이상 피부가 공기와 접촉하는 부분에서 끝나지 않았습니다. 마법의 항아리에서 해방된 아라비아의 정령이 된 듯한 느낌. 마치 거대한 고래가 고요한 행복감으로 가득 찬 바다를 헤엄쳐 가는 것처럼 영혼의 에너지가 흐르는 것 같았습니다. 육체의 경계가 사라짐으로써 물리적 존재로서 경험할 수 있는 최상의 기쁨을 넘어선 쾌락, 더할 나위 없는 극한의 행복감이 느껴지는 순간이 다가왔습니다」

의식은 자신을 편애한다

자신을 「편애」하고 있다는 말이 어떤 의미인지 감이 잘 오지 않는다면, 아이들이 흔히 하는 이런 순수한 질문을 한번 떠올려 보세요.

「입안에 있는 침은 더럽지 않은데, 왜 입 밖으로 뱉으면 더러운 거예요?」 이 질문은 꽤 날카롭습니다. 실제로 입안에 있는 침은 그다지 신경 쓰이지 않지만, 그 침을 컵에 가득 모아서 마시라고 하면, 아무리 자기 것이라고 해도 보통 사람들은 싫어할 겁니다. 저도 싫습니다.

왜 조금 전까지만 해도 아무렇지도 않았던 것이 갑자기 싫어지는 걸까요? 이 질문에 어떻게 답하면 좋을까요? 좀처럼 명쾌한 답이 떠오르지 않습니다.

이 질문에 대한 답은, 인간은 자신을 「편애」하고 있다고 이해하면 금방 풀립니다. 인간의 뇌, 즉 의식은 「여기에서부터 저기까지가 나다」라는 자아의 범위를 정하고 있습니다. 그 범위

안에 속해있으면 「편애」하지만 그 범위를 넘어서면 그때까지 「편애」하던 감정은 사라지고 부정적인 감정으로 바뀌어 버립니다. 그러니까 「침은 더럽다」고 느끼게 되는 것입니다. 이제 너는 더 이상 「내 영역」이 아니다. 그러니까 「편애」할 수 없다는 것입니다.

대소변도 마찬가지입니다. 아무리 자기 몸에서 나온 것이라 하더라도 사람들은 배설물은 더럽다고 흔히 생각합니다. 하지만 몸속에 있을 때는 그것이 더럽다고 여기지 않는 것 또한 사실입니다. 「저렇게 더러운 것이 내 몸 안에 항상 있다니 도저히 견딜 수 없다」는 사람은 좀 문제가 있지요.

저는 수세식 화장실이 보급된 것도 이 「편애」와 연관이 있다고 생각합니다. 제가 어렸을 때도 그랬지만 얼마 전까지만 해도 우리 주변에서 재래식 화장실을 찾는 건 어려운 일이 아니었습니다. 그랬던 것이 엄청나게 빠른 속도로 수세식 화장실로 바뀌었죠. 지금은 주변에서 재래식 화장실은 거의 찾아볼 수 없습니다.

재래식 화장실은 왜 갑자기 사라진 것일까요? 경제 성장도 하나의 요인이겠지만, 나는 많은 사람이 「자신」이나 「개성」을 강조하기 시작한 것과 수세식 화장실의 증가는 병행했다고 생각합니다. 「자신」을 확고한 것, 세상과 분리된 것으로 내세우면 내세울수록 그곳에서 벗어난 것에 대해서는 부정적인 감정을 품게 됩니다. 다시 말해 「편애」하면 할수록 배출된 것은 강한 부정적인 감정을 지니게 되죠.

조금 전까지 내 뱃속에 있던 대변은 「자신」의 일부였고, 그 때는 별로 더럽다고 생각하지 않았습니다. 하지만 배출되자마자 말도 안 되게 지저분하게 느껴져서, 빨리 내 눈에 띄지 않는 곳으로 치워버리고 싶어집니다. 그래서 물로 단번에 흘려내려 버릴 수 있는 수세식 화장실을 선호하게 된 것입니다.

잘린 목이 공포스러운 이유

저의 본업이었던 해부학에서도 같은 사례가 있습니다. 제가 예전부터 이상하다고 여겨왔던 것이 「왜 사람들은 해부를 싫어할까?」하는 것이었습니다.

많은 사람들은 잘린 목이나 팔에 대한 강한 공포심이나 혐오감을 느낍니다. 당연하겠지요. 그걸 보면 「기분이 나빠지니까」라고 말하는 사람도 있겠지요. 기분 나쁘지 않다고 생각하는 사람이 오히려 이상하다고.

하지만 정말 이게 「당연한 것」일까요? 길거리에서 만나는 사람들의 얼굴이나 팔을 보면 아무런 불쾌감을 느끼지 않습니다. 만약 그런 마음을 갖는다면 그것은 얼굴이나 팔의 문제가 아니라 아마도 그것을 가지고 있는 사람에 대한 혐오감일 것입니다. 적어도 「얼굴 그 자체」, 「팔 그 자체」를 싫어하는 사람은 거의 없습니다.

이것도 아까의 침과 마찬가지로 신체의 일부로 붙어있을 때는 「편애」할 수 있지만 잘려 나가는 순간 부정적인 감정을 갖게 되어 버립니다.

다른 사람의 신체 일부이기 때문에 기분 나쁜 것은 아닐 것입니다. 예를 들어 만약에 자기의 새끼손가락을 잘라서 보존할 수 있도록 가공했다고 칩시다. 그럼, 그것을 목걸이로 만들어 몸에 지니고 다닐 수 있을까요? 아마도 그런 일이 아무렇지도 않다는 사람은 없을 것입니다. 정신 질환자라도 그런 사람은 없겠지요. 자신에게 상처 주는 행동을 반복하는 사람은 있겠지만 새끼손가락으로 만든 목걸이가 아무렇지도 않다는 사람은 없을 것입니다. 역시 자신의 몸에서 떨어져 나간 순간, 「편애」하지 않게 되기 때문입니다.

책이나 논문에 대해서도 비슷한 감정이 들기도 합니다. 자신이 쓴 논문을 「배설물」이라고 표현하는 사람이 있습니다. 그것도 자신의 뇌 속에 있었을 때는 자기의 것으로서 「편애」하고 있었다가 밖으로 배출된 순간, 꼴도 보기 싫어졌겠지요. 저 또한 제가 쓴 책을 다시 읽고 싶다는 생각은 여간해선 들지 않습니다.

누구나 가능한 유체 이탈

흥미로운 점은 조금 전에 언급한 임사 체험입니다. 그 현장에 가 보면, 체험 중인 사람은 의식이 없습니다. 그러니 말을 걸어도 당연히 대답하지 않습니다.

다만 희미한 의식이 남아 뭔가 꿈을 꾸는 듯한 상태에 빠집니다. 이 꿈에는 몇 가지 공통된 패턴이 있는 듯합니다. 「강 건너편에서 돌아가신 할머니가 손을 흔들고 있었다」는 이야기를 들어보신 적이 있을 것입니다.

그 외에도 동서양을 막론하고 자주 보고되고 있는 것이 침대 위에 잠들어 있는 자신을 위에서 내려다보고 있었다는 경험입니다. 이를 유체 이탈로 표현하기도 합니다.

왜 이런 현상이 일어나는 것일까요. 실제로 위에서 내려다보고 있었던 것은 아닐 테니 이는 뇌의 작용으로 인한 현상임이 분명합니다.

의식이 점점 희미해져 가고 있을 때 「보고 있는 나」와 「보이는 몸」이라는 두 가지 형상이 마지막에 남게 됩니다. 「자고 있는 나를 위에서 내가 내려다보고 있다」고 하면 두 개의 존재가 있는 것처럼 보이지만, 본질적으로는 하나인 것입니다.

의식이 거의 사라진 마지막 단계에서도 「위에서 내려다보고 있는 나」를 유지한다는 것은, 본능에 꽤 가까운 곳에서 조감하고 있는 자신을 가지고 있다는 뜻입니다. 우리는 무의식적으로 그러한 객관성을 가지고 있는 것은 아닐까 하는 생각을 해볼 수 있습니다.

의식적으로 무언가에 몰두할 때는 내게 그런 객관성이 있다는 것은 잊어버립니다. 의식에서 벗어나 있는 거죠. 그런데 무의식적으로 계속 그 객관성을 가지고 있습니다.

아내는 젊었을 때부터 차를 좋아해서, 어느 날 차 만드는 일에 너무 열중한 나머지 아무 생각이 없어져서 자신이 지금 무언가를 하고 있다는 의식 자체가 없었다는 말을 저한테 한 적이 있습니다. 익숙한 작업을 하고 있을 때, 나도 모르게 무의식 상태가 되어 본 경험은 누구나 가지고 있을 것입니다. 익숙한 길을 걸을 때는 아무 생각 없이 방향을 바꾸죠.

객관적인 의식의 작용은 상당히 중요합니다. 프로 축구 선수들은 경기를 하면서도 필드 전체를 조망할 수 있다고 합니다. 주위를 살피지 않고서도 적군과 아군, 공의 위치를 자연스럽게 파악하고 있다는 것입니다. 선수들은 의식적으로 전체를 살펴봐야겠다고 생각하는 것이 아니라, 본능적으로 자연스럽게 그렇게 하고 있는 것입니다.

좀 더 일상적인 예를 들자면, 자동차 운전이 그렇습니다. 자동차를 운전하는 사람은 항상 이러한 능력을 발휘합니다. 운전석 앞 유리 너머 펼쳐진 광경만 눈에 들어오는 사람은 운전에 서툰 사람입니다. 운전을 잘하는 사람은 다양한 시각 정보를 통합하여 지금 자기 차 뒤에 얼마나 많은 차가 오고 있고, 어느 정도의 속도로 움직이고 있는지 항상 염두에 두면서, 도로의 전체상을 떠올릴 수 있습니다.

이러한 조감 적 의식은 누구에게나 내재되어 있습니다. 그래서 죽음에 임박한 그 짧은 순간에도 영혼이 몸을 벗어나 자신을 내려다보는 것 같은 경험을 할 수 있는 것입니다.

어느 쪽이든 상관없어

「자신」이란 지도 위에서 현재의 위치를 나타내는 화살표 정도에 불과하며, 본질적으로 누구에게나 내재된 기능 중 하나에 불과합니다. 그렇다면 「자아의 확립」이나 「개성의 발휘」 같은 것도 사실 그다지 대단한 것이 아닐 수 있다는 생각이 더 자연스럽게 느껴집니다.

본래 일본인들은 「자신」이나 「개성」을 그렇게 중요하게 여기지 않았으며, 지금도 사실 그런 것들을 그다지 필요로 하지 않은 것이 아닐까요?

최근 하버드 비즈니스 스쿨의 한 교수가 쓴 책을 읽었는데, 거기에 이런 흥미로운 에피소드가 있었습니다. 「인생에서 스스로 결정하고 싶은 것은 무엇인가?」라는 질문에 대해 미국과 일본의 대학생들에게 적어보게 했더니, 미국인 학생들은 종이의 뒷면까지 빼곡히 써 내려갔지만, 일본인 학생들은 「주거지」나 「직업」 두 줄 정도만 쓰고는 끝이었다고 합니다.

이 일화를 어떻게 생각해야 할까요.

틀림없이 「자아의 확립」이나 「개성의 발휘」를 중요하게 생각하는 사람들이 보기에는 「그래서 일본 학생들은 안되는 거야」라며 실망감을 내비칠 것입니다.

「자기 일은 적극적으로 스스로 결정해야 하고, 스스로 길을 개척해야 한다. 그러기 위해 대학생들에게 토론을 철저하게 가르치고, 개성을 키우게 해야 한다. 그렇게 하지 않으면 앞으로의 글로벌 사회에서 살아남을 수 없다」는 주장을 우리는 그동안 자주 접할 수 있었습니다.

하지만 일본 대학생들에게 이런 의미에서의 「자아」나 「개성」이 없고, 지금까지 일본인들이 본래 그런 성향을 보인다면, 이는 일본에는 그러한 것을 강하게 요구하지 않는 문화가 있기 때문이라고 생각하는 편이 좋지 않을까요?

미국 문화는 항상 주변에서 개인에게 「자아」를 형성하도록 요구합니다. 아니 강요한다고 해도 좋을 것입니다. 가장 단적인 예가 「커피로 하시겠습니까? 홍차로 하시겠습니까?」라는 질문입니다. 저도 항상 이런 질문을 받지만, 대부분 어느 것을 선택하기보다는 「어느 쪽이든 상관없다」고 생각합니다. 그런데 영어로 「아무거나 괜찮아요. 당신이 편하신 대로 주셔도 됩니다」라고 말하는 건 좀 번거롭습니다.

미국은 「당신은 이거야? 저거야?」라고 선택을 강요하는 문화입니다. 매번 무언가를 결정하고 답하다 보면, 결국 「자신」과 「개성」이 만들어질 수밖에 없습니다.

「커피로 하겠습니다」라고 답하는 순간, 「나는 이런 상황에서 커피를 고르는 사람」이라는 항목이 「자신」의 구성 요소로 자리 잡습니다. 다른 상황에서 「비프로 하시겠습니까? 치킨으로 하시겠습니까?」라는 질문에 「치킨이요」라고 답하면, 「기본적으로 나는 치킨파」라는 정체성이 생깁니다.

일본은 어떨까요? 누군가의 집에 방문해 자리에 앉으면 아무 말 없이 차를 내옵니다. 물론 요즘에는 「음료는 무엇으로 하시겠습니까?」라고 묻는 경우도 있지만, 대개는 묻지 않는 경우가 많습니다. 아무 말 없이 차가 나오고 아무 말 없이 마시는 경우가 대부분입니다.

거기서 「저는 차보다는 커피로 하겠습니다」라고 자기주장을 하면, 대부분은 번거롭고 귀찮은 사람이라고 생각할 것입니다. 이런 문화의 차이는 사소해 보일 수 있지만, 사실 매우 근본적인 차이가 있습니다. 이번에는 미국을 예로 들었지만, 유럽도 마찬가지입니다.

여기서 일본인이 우월하다거나 열등하다는 이야기를 하려는 것이 아닙니다. 일본인은 그런 문화에서 자라왔다는 것이고, 이는 쉽게 의식적으로 바꿀 수 있는 문제가 아닙니다.

앞에서 언급한 대학생 과제를 한번 생각해 보면 좋을 것입니다. 「인생에서 스스로 결정하고 싶은 것」이 무엇인지, A4용지 뒷면까지 빼곡히 채울 수 있는 사람이 얼마나 될까요? 아마도 「그건 사회가 정해주는 것」이라며 넘겨버리는 사람들이 많을 것입니다.

다시 말하지만, 지금 어떤 것이 옳다거나 그르다는 이야기를 하려는 것이 아닙니다. 하지만 생물학적으로 보아도 「자신」이라고 하는 것은 지도 속의 화살표에 불과합니다. 그리고 사회적으로 보아도 일본에서는 「자신」을 드러내는 것이 그렇게 중요하다고도 생각하지 않습니다. 이런 생각을 하고 있노라면 그동안 일본인들은 꽤 많은 헛수고를 해온 것은 아닐까 라는 생각마저 들게 됩니다.

「개성을 살려라」, 「자신을 확립하라」는 교육은 젊은이들에게 너무 무리한 요구를 해온 것은 아닐까요. 자신에게 맞지 않는 것을 억지로 강요해 왔으니, 결과가 좋을 리가 없습니다. 그보다는 사회와 조화를 이루는 것이 중요하다는 것을 가르치는 편이 훨씬 낫지 않았을까요.

제 2 장

진정한 자신은 마지막에 남는다

제자는 스승이 될 수 없다

제가 이런 이야기를 하면 「그렇다면 결국 이 사회에는 세상이나 타인의 눈치만 보며 살아가는 인간만 양산되는 것 아니냐」, 「그렇게 되면 사회가 더이상 앞으로 나아가지 못하지 않겠느냐」라고 반문하는 이들이 있을지도 모릅니다. 하지만 그런 걱정은 할 필요가 없습니다.

앞서 말했듯, 세상에 짓눌릴 것 같아도 절대 사라지지 않는 것이 바로 「개성」입니다. 결국 그 누구나 세상과 타협하지 못하는 부분이 생기기 마련입니다. 그렇게 타협이 되지 않는 부분이 있다면 맞서 싸우면 됩니다. 그 싸움에서 세상이 이길지, 자신이 이길지는 알 수 없습니다. 하지만 그 모든 과정을 거치고도 끝내 남은 자신이야말로 「진정한 자신」일 것입니다.

「진정한 자신」이란 철저히 부딪히고 싸운 끝에야 남는 것입니다. 오히려 그런 과정을 거치지 않고서는 절대 드러나지 않는 측면이 있습니다. 처음부터 발견할 수 있는 것도, 발휘할 수 있는 것도 아닙니다.

일본의 전통 예능의 세계는 이러한 점을 잘 보여줍니다. 이 세계에 입문한 제자는 우선 스승을 철저하게 그대로 모방해야 합니다.

「아무튼 똑같이 따라 해라」

이런 과정이 10년, 20년간 지속됩니다.

그런데 이런 식으로 한다고 해서 결코 스승과 똑같아지지는 않습니다. 아무래도 어딘가가 반드시 차이가 생깁니다. 그 차이가 바로 스승의 개성이자 제자의 개성인 것입니다. 철저한 모방을 통해서야 비로소 개성이 탄생하는 것입니다.

제자가 입문하자마자 「개성을 살려라」라고 말한들 아무런 의미가 없습니다. 그것은 전통 예술을 배워본 적이 없는 사람이라도 직감적으로 이해할 수 있을 것입니다.

독창성과 학문

전통 예능의 길을 걷는 이들 중 처음부터 자기만의 방식을 고집하는 이는 거의 없습니다. 하지만 다른 분야에서는 이런 일이 흔히 발생하고 있습니다.

예를 들어 학문의 세계가 그렇습니다. 연구자의 세계에서는 끊임없이 「독창성」을 요구합니다. 질릴 만큼 「독창적인 연구를 하라」는 말을 귀에 못이 박히도록 듣게 되죠. 이는 곧 「개성을 발휘하라」는 것과 같은 의미입니다.

저는 이 요구에 대해 꽤나 진지하게 고민해 보았습니다. 그리고 깊이 생각하면 할수록 더 난감해졌습니다.

독창성이란 무엇인가? 그것은 「나」만이 할 수 있는 일을 말합니다. 학문의 세계에서 말하자면, 그것은 「나」만이 생각할 수 있는 것, 그것이 독창성일지 모릅니다.

하지만 「나」만이 생각할 수 있고, 다른 사람은 생각할 수 없는 것만 계속 생각하라는 것은, 마치 「병원에 들어가라」는 말과 같지 않을까요. 벽에 온통 대변을 바르고 있었던 환자의 옆 병실로 들어가라는 말과 마찬가지로 느껴집니다. 저는 한때 이런 고민에 심각하게 빠져 있었습니다.

그리고 결론적으로, 그런 독창성을 억지로 추구해 봤자 소용없다는 생각에 이르렀습니다. 오히려 세상과 조화를 이루는 법을 배우고, 평범함을 익히는 것이 중요하다고 생각합니다. 그런데도 어딘가 이상한 부분이 남는다면 그것이 바로 개성이 되겠죠.

세상 사람들이 「저 사람 말이야. 좋은 사람이긴 한데, 저 부분만큼은 어쩔 수가 없어」라는 평을 듣는다면 그것이 바로 인정받았다는 뜻일 것입니다. 아마도 회사와 같은 조직 내에도 「저 사람은 어쩔 수가 없어」라는 말을 듣는 사람이 꼭 있을 것입니다. 그것은 긍정적인 경우도 있겠고, 체념에서 나오는 경우도 있겠지만, 어쨌든 그 사람의 개성은 어떤 형태로든 받아들여지고 있는 셈입니다.

문제는 각자가 개성을 발휘하려면 세상 자체가 제대로 되어 있어야 한다는 점입니다. 전통 예능의 예를 들자면, 스승이 기초를 제대로 배우고 그 길을 반듯하게 걸어왔기 때문에 제자가 철저히 모방할 가치가 있는 것입니다. 만약 스승이 엉망이라면 아무 의미가 없겠죠.

그런데 지금은 세상이 제대로 되어 있지 못합니다. 그럼에도 불구하고 사람들에게는 「개성을 발휘하라」고 요구하는 상황입니다. 세상이 기준을 잃어버렸으니 젊은 사람들은 혼란스러울 수밖에 없습니다.

본래 인생은 어떻게 살아가야 하는 거라는 사회적 기준, 척도가 있어야 하지만, 그것이 흔들리고 있습니다. 그러면서 「개성을 가져라」고 하니 젊은이들은 영문도 모른 채 「자아 찾기」

에 몰두하고 있는 현실이 참으로 안타깝습니다.

사실 「진정한 자아」 같은 건 굳이 찾을 필요가 없습니다. 「진정한 자아」가 어딘가로 사라져 버렸다면, 그것을 찾고 있는 「나」는 도대체 누구란 말입니까?

사랑에 빠졌던 「나」는 이미 다른 사람

사실 젊은 사람들은 본래 미완성이기 마련입니다. 스무 살 남짓한 나이에 확고한 「진정한 나」 같은 것이 발견될 리 없습니다.

젊은 시절의 연애를 떠올려보면 금방 이해할 수 있습니다. 누구나 한 번쯤 정열적으로 누군가를 사랑해 본 경험이 있을 것입니다. 그 사람을 싫어하게 될 거라고는 상상할 수도 없습니다. 하지만 결국 그 사랑이 결혼으로 이어져 평생을 함께하는 경우보다, 어느 순간 어떤 이유로든 헤어지는 경우가 훨씬 많습니다.

물론 그 시절의 감정을 계속 간직하는 이도 있겠지만, 대부분은 그 사랑을 잊고 또 다른 사람을 사랑하게 됩니다. 한때 그렇게 열정적으로 사랑했는데도 1년쯤 지나면 「그때 그 감정은 도대체 뭐였을까」 싶어지는 일도 드물지 않습니다.

그때의 나는 이미 다른 내가 되어 있습니다. 그리고 그것은 아무런 문제가 되지 않습니다. 열정에 휩싸였던 「나」는 과거의 나, 지금은 존재하지 않는 사람입니다. 하지만 확고했던 「진정한 나」라는 것이 존재한다고 가정하면, 이런 생각을 받아들이기 어렵게 되지요.

여기서도 「진정한 나」를 「현재 위치를 가르치는 화살표」에 불과하다고 생각해 보면 어떨까요? 갈팡질팡 흔들려도 괜찮습니다. 현재 위치란 원래 움직이는 것이니까요.

지도는 변하지 않습니다. 나이가 들수록 지도는 자연스럽게 더 상세해지는 것입니다. 이러한 생물학적 능력은 사회적으로도 적용됩니다. 사회라는 지도 속 어디에 자신이 서 있는지를 알리는 것이 바로 「지위」입니다. 사회적 계층에서 자신의 위치인 것입니다.

이 점에서 남성들은 특히 민감하게 반응합니다. 카마쿠라에서 만난 여성 택시 기사님이 저에게 이런 이야기를 들려주었습니다.

「남자들은 참 단순해요. 우리 회사가 '계장'이라는 직함을 만들었거든요. 그걸 달았다고 해서 월급이 오르는 것도 아닌데, 남자들은 계장이 되자마자 말투부터 달라지더라니까요」

「계장」이 되는 순간 남성 운전사들의 머릿속 화살표가 움직인 것이겠죠. 반면, 여성은 좀 더 현실적이어서, 그런 것에 쉽게 흔들리지 않습니다.

세상의 본질은 변하지 않는다

전후 일본 사회는 큰 흐름 속에서 서구화를 지향해왔습니다. 일본 고유의 것을 지우고자 했고, 「개성」을 추구하는 것도 그 흐름의 일환이었습니다.

만약 그 방향이 제대로 추진되었다면, 일본 대학생들도 A4 용지 뒷면까지 빼곡히 글을 써 내려갈 수 있게 되었을 것이고, 일이나 결혼, 음식, 음료 등 전부 뭐든 스스로 결정하는 「확고한 자기 자신」이 늘어났어야죠. 하지만 실제로는 그렇게 되지 못했습니다. 이것을 실패라고 생각해야 할까요?

그렇지 않습니다. 본질적인 것은 그렇게 쉽게 변하지 않는다고 보는 것이 더 타당할 것입니다. 사회 역시 개인들의 집합체이므로, 개인처럼 「혼네(본심)」와 「다테마에(겉치레)」가 존재합니다. 그리고 본심, 즉 본질적인 부분은 쉽게 바뀌지 않는 것입니다.

아무리 입바른 소리로 「개성을 발휘하라」고 이야기한들 실현되지 않는 이유는, 사회의 본질적인 부분이 변하지 않았기 때문입니다.

젊은이들이 「스스로 결정할 수 있는 것」을 두 개밖에 쓰지 못하고 「나머지는 부모나 상사, 선배가 시키는 대로 해도 괜찮다」고 생각하는 것도 어쩔 수 없습니다. 다만 지금은 사회가 흔들리고, 「확신」이 없기 때문에 젊은이들이 길을 잃고 우왕좌왕 방황하게 된 것입니다.

사상은 자유롭다

일본인은 유럽이나 미국인과 비교하면 세상 속에서 「자신」을 드러내지 않고 순응하는 경향이 있지만, 그만큼 내면에서의 자유도는 상당히 높습니다. 겉으로는 제약이 많지만, 머릿속은 오히려 자유롭다는 것이죠. 어느 나라 사람이나 뇌의 용량은 비슷하니, 어디서 자유가 발휘되는가의 차이일 뿐입니다.

현재, 전 세계 인터넷 게시글의 70%가 일본어로 작성된다고 합니다. 일본어를 사용하는 인구는 전 세계의 2% 정도밖에 안 되는 점을 감안하면, 엄청난 양입니다. 이는 일본인들이 머릿속에서 자유롭게 생각하고, 그것을 거리낌 없이 글로 남기기 때문입니다.

일본인은 내면의 자유를 당연시 여기므로 「사상의 자유」라는 말을 굳이 하지 않습니다.

하지만 세계적으로 보면 이렇게 자유로운 사고방식을 가진 사람들만 있는 것은 아닙니다. 유럽이나 미국 등에서는 사고에 일정한 틀이 존재합니다. 저의 지인인 C.W.니콜 씨는 저에게 「일본에 와서 가장 좋았던 점은 종교로부터의 자유」라고 말했습니다. 일본인들은 머릿속에 종교에 대한 엄격한 틀을 가지고 있는 사람이 많지 않은데 외국인들은 그런 틀이 있는 것이 일반적입니다.

일본인들은 머릿속으로 위험한 것, 외설스러운 것들을 아무렇지도 않게 상상합니다. 일본의 춘화는 경이로울 만큼의 표현력과 그 양이 방대합니다. 그것은 생식 행위 시의 뇌 속을 외부로 표현한 것입니다. 생식기가 몸 전체에 비해 비정상적으로 큰 것도 그 때문입니다. 그런 것을 머릿속으로 떠올리며 그림으로 표현하는 것에 일본인들은 별 거부감이 없습니다. 일본인들은 「머릿속에서 상상하고 즐기는 것은 자유」라고 생각합니다.

그러나 많은 외국인에게는 이것이 생각만으로도 더럽게 여겨질 수 있습니다. 꼭 「그대여 간음하지 말지어다」라고 말하는 것 같습니다.

서양 문화와 일본 문화 어느 쪽이 더 좋고 나쁘다는 것을 이야기하는 것이 아닙니다. 각 문화가 내부적으로 논리를 맞추고 있을 뿐, 우열이 있는 것이 아닙니다. 서양뿐만 아니라 한국이나 중국에도 각각의 문화가 있고 그 나름의 필연성이 있습니다. 물론 그렇다고 해서「외국인과는 서로 이해를 바랄 수 없다」고 체념해 버려서는 안 됩니다. 우리와 어떤 부분이 다르고 어떤 부분이 같은지를 가능한 한 언어화해서 이해하는 것이 중요합니다. 그렇게 하면 완전히 이해하지는 못하더라도 대략적으로나마 알 수 있을 것입니다.

일본인들 사고의 특징은「실제로는 해가 되지 않을 것」이라고 아무렇지도 않게 말하는 것입니다.「예수의 초상화를 밟는다고 해서 특별히 난처한 일은 생기지 않을 테니 얼른 밟아버려」라고 말합니다. 대다수의 일본인은 이런 생각에 위화감을 느끼지 않습니다. 아무렇지 않게 말하죠. 혹시 이를 거부하는 사람이 있으면「너처럼 까다로운 놈은 없다」라는 말을 듣게 될 수도 있습니다.

그럼, 이슬람권에서 이런 이야기를 하면 어떻게 될까요?

「돼지고기 먹는다고 뭐 큰일 나? 그냥 먹으면 되잖아」

이러면 엄청난 일이 일어나겠죠.

이런 일본인의「현실적인」사고가 한편으로는 좋다는 사람

도 있을지 모르겠군요.

일상생활을 하는 데는 이런 「현실적인」 사고는 아무런 지장을 주지 않습니다. 하지만 조금 더 복잡한 문제에 직면했을 때가 문제입니다. 「어느 쪽이든 괜찮다」고 할 수 없는 문제 앞에서는 이러한 태도로는 답을 내놓을 수 없게 됩니다.

뇌는 타인의 표정을 살핀다

일본어에는 「표정을 읽는다」라는 표현이 있습니다. 꽤 흥미롭죠. 원래 인간의 뇌는 타인의 행동을 이해할 수 있도록 설계되어 있습니다. 이는 여러 연구를 통해 밝혀졌습니다. 유명한 예로는 미러 뉴런이 있습니다. 타인이 하는 특정 동작을 보고 있는 사람의 뇌 속을 살펴보면, 실제로 동작을 하는 사람과 같은 부위가 반응합니다. 보고 있는 것만으로도 상대와 똑같이 뇌가 움직입니다. 이러한 뇌의 움직임이 타인에 대한 공감이나 감정 이해에 도움이 되는 것으로 여겨집니다.

추상체 세포에 대한 연구에서도 재미있는 사실이 발견되었습니다. 인간이 색채를 판별할 때 사용하는 망막 세포에 관한 연구입니다. 이 세포에는 빨강, 파랑, 초록의 세 가지가 있습니다. 각 세포가 감지하는 빛이 다릅니다. 우리는 이 세 가지가 빛의 삼원색과 같다는 것을 잘 알고 있습니다.

세 가지의 추상체 세포를 가진 것은 인간과 원숭이의 특징입니다. 개나 고양이는 두 종류밖에 가지고 있지 않습니다. 그렇다면 두 종류만으로 색을 제대로 구별할 수 없다고 생각하는 사람들이 있겠지요. 우리는 삼원색이 있으면 어떤 색이라도 표현할 수 있다고 배웠기 때문입니다.

그런데 실제로는 두 종류만으로도 충분히 색을 구별할 수 있다고 합니다. 인쇄업자에 따르면, 이원색만 있어도 어느 정도 색을 표현할 수 있다고 합니다. 사람도 두 가지의 세포만 가진 이를 색맹이라고 하는데, 어느 정도 색은 구분한다고 합니다. 물론 세 가지의 추상체 세포를 가진 사람이 더욱 섬세한 색의 느낌을 알 수 있다는 것은 분명한 사실입니다.

인간이나 원숭이와 같은 영장류가 왜 세 가지의 추상체 세포를 가지고 있는지에 대해서는 예전에는 다음과 같이 설명하곤 했습니다. 나무 열매 등을 채집하여 생존하기 위해서는 열매의 숙성 정도를 알기 위해서라도 섬세한 색의 차이를 판별할 수 있어야 한다고 여겼습니다.

하지만 자세히 조사해 보니 그 이상으로 밝혀진 것이 있습니다. 빨강과 파랑의 추상체 세포가 느끼는 빛의 파장 피크가 변화하는 인간의 얼굴색의 피크와 일치한다는 사실입니다. 즉, 사람의 얼굴색 변화의 미세한 부분까지 판별하기 위해 다른 포유류와는 다른 세포를 가지고 있다는 사실입니다.

그 덕분에 우리는 타인의 감정을 섬세하게 헤아릴 수 있고, 건강 상태를 가늠할 수도 있습니다. 아이가 아파서 얼굴색이 창백해지면 즉시 알아차릴 수 있다는 것입니다. 이것을 알 수 있는 것과 모르는 것에는 큰 차이가 있습니다.

외국에도 「안색을 살핀다」는 표현이 있는지 저도 잘 모르겠습니다. 일본어에는 그 외에도 「혈색이 나쁘다」 「타인의 고통을 느낀다」 등의 표현이 있습니다. 일본 사회가 뇌의 본래 작용에 충실하게 반응하는 사회였기 때문에 이러한 표현들이 생겨났던 것이 아닐까 싶습니다.

제 3 장

나의 몸은 나만의 것이 아니다

내 몸 안의 타인

「자신」에 대한 이야기를 좀 더 해 보겠습니다. 그러기 위해서 우선 생물학에 대한 이야기부터 시작해 보죠.

젊었을 때 저는 진화론에 대해 잘 이해하지 못했습니다. 진화론 그 자체를 이해하지 못했다는 말이 아닙니다. 진화론을 둘러싼 논쟁이 잘 이해되지 않았습니다.

고등학생 시절부터 저는 이 분야에 관심이 많아서 관련 서적들을 찾아 읽다 보니, 저명한 학자들이 서로 격렬한 논쟁을 벌이고 있다는 것을 알게 되었습니다. 그 논쟁은 상당히 치열하여 거의 격투에 가까웠습니다. 마치 당시 자민당과 공산당의 대립처럼 느껴졌습니다.

과학의 다른 분야 가설에서는 이런 일이 드물었기에, 매우 의아했습니다. 하지만 시간이 지나면서 어느 정도 이해하게 된 것은 이것이 생물학의 문제가 아닌 사회사상을 둘러싼 대립이라는 것이었습니다.

  아마도 많은 사람들이 학교에서 배운 진화론은 다윈의 자연 선택설에 기반한 것일 겁니다. 목이 짧은 기린과 긴 기린이 있는데 목이 긴 쪽이 높은 곳의 나뭇잎을 먹는 데 유리하기 때문에 살아남았다는 이론입니다. 생존에 유리한 특징이나 유전자를 가진 개체가 살아남는다는 이론입니다.

  매우 잘 짜인, 이해하기 쉬운 이야기라서 어느 정도는 설명이 되는 듯합니다. 하지만 실제 생물들을 살펴보면 자연 선택설만으로는 설명할 수 없는 현상이 매우 많다는 것을 알 수 있습니다.

  제가 30년 전쯤 쓴『형태를 읽다 - 생물의 형태를 둘러싼 이야기』(培風館)라는 책에서도 이것에 대해 다루었습니다. 「자연 선택설만으로는 생물의 형의 진화를 모두 설명할 수 없다」라고 썼습니다. 「형태의 진화」라는 조건을 붙인 이유는, 그런 전제 없이 「자연 선택설은 이상하다」고 직접적으로 언급하게 되면 엄청난 반발에 부딪히게 될 테니까요. 다윈을 신성시하고 절대시하는 사람들이 제게 화를 낼 겁니다. 실제로 제 지인인 이케다 키요히코 씨가 이런 내용을 직접 언급했다가 여기저기서 공격을 받아 곤경에 처한 적이 있습니다. 꽤 감정적인 비판을 받았던 것 같습니다. 누군가가 감정적으로 비판할 때는, 반드시 그 이면에 어떤 결함이 존재한다고 저는 생각합니다.

어찌 되었든 유럽의 학자들은 꽤 오랫동안 다윈을 의심하려 하지 않았습니다. 그러나 최근 들어 형세가 조금 바뀌기 시작했습니다. 저와 비슷한 위화감을 그들도 느끼기 시작한 것입니다.

예를 들면 세포 연구로부터 밝혀진 사실이 있습니다. 인체는 약 60조 개의 세포로 이루어져 있다고 합니다. 이 세포 안을 들여다보면 신기한 점을 발견하게 됩니다. 세포 안에는 핵이 있고 그 안에 유전자가 있다는 것은 학교에서 배운 내용일 것입니다.

문제는 세포 안에 또 다른 이상한 존재들이 있다는 점입니다. 그것이 미토콘드리아입니다. 미토콘드리아는 우리 몸에서 중요한 역할을 합니다. 산소를 흡수하고 당을 분해하여 에너지를 생성하는 일을 이 미토콘드리아가 도맡아 해주고 있습니다.

청산가리를 마신 사람이 즉사하는 이유는 무엇일까요. 청산가리를 마시면 위에서 청산 가스가 발생합니다. 이 가스를 마시면 미토콘드리아는 즉시 활동을 멈추게 됩니다. 즉 세포 안에서 죽어버리는 것입니다. 미토콘드리아가 죽으면 에너지를 만들어낼 수 없기 때문에 사람은 죽게 되는 것입니다.

미토콘드리아를 좀 더 깊이 조사해 보면, 세포 본체와는 별도로 자체적인 유전자를 가지고 있다는 사실이 밝혀졌습니다.

인간과 같은 생물이 가지고 있는 유전자는 핵 안에 존재합니다. 반면, 세균 등의 유전자는 핵 안에 존재하지 않습니다. 본래부터 세포 자체에 핵이 없는 것입니다. 이러한 생물을 원핵생물이라고 합니다.

미토콘드리아의 유전자는 세균에 가까운 유전자였습니다. 즉 우리와는 전혀 다른 존재였던 것입니다. 이는 최근에 발견된 것도 아닙니다. 수십 년 전부터 알려진 사실입니다. 생물학을 조금이라도 알고 있는 사람이라면 누구나 알 것입니다.

미토콘드리아뿐만 아니라 세포의 섬모나 편모의 근원인 중심체도 자체적인 유전자를 가지고 있습니다. 식물에서도 엽록체는 본체의 식물과는 별개의 자체 유전자를 가지고 있습니다.

유전자는 생물의 설계도라고 합니다. 하지만 체내에 있는 세포가 별도의 설계도를 가지고 있다면, 우리는 이를 어떻게 이해하면 될까요?

린 마굴리스(Lynn Margulis, 1938. 3. 5 ~ 2011. 11. 22)라는 미국의 여성 생물학자는 다음과 같은 가설을 세웠습니다. 「자체 유전자를 가진 존재는 모두 외부에서 생물의 체내로 들어와 정착한 생물이다」즉, 미토콘드리아는 외부에서 유입되어 인체에 정착한 존재라는 것입니다.

그녀는 이 논문을 1970년도에 학회에 제출했습니다. 학술 논문은 통상 익명의 심사위원이 검토해 합격 여부를 결정합니다. 지금은 어느 정도 받아들여지고 있는 마굴리스의 설이지만, 발표 당시 그녀의 논문은 17번이나 거절당했다고 합니다. 이는 매우 이례적인 일입니다. 다윈에 대한 강한 신봉이 있었기 때문입니다.

나비와 애벌레는 같은 생물일까

진화론을 설명할 때 자주 인용되는 것이 계통수입니다. 계통수는 하나의 뿌리에서 시작하여 여러 갈래로 나뉘어 현재 지구상에 존재하는 다양한 생물들이 나열되어 있는 형태입니다. 아래쪽으로 내려가면 서로 다른 생물들이 연결되어 있는 모습을 볼 수 있습니다.

보통 사람들은 「예전엔 같은 생물이었지만, 진화 과정에서 다른 생물이 되었구나. 그런 흐름속에서 생물은 진화하고, 지금의 인간은 그 최첨단에 있다」고 이해하고 있을지도 모릅니다.

하지만 같은 생물이 다른 생물로 나뉘질 수 있다면, 반대의 상황이 발생할 가능성도 생각해 볼 수 있지 않을까요?

곤충을 예로 들어 보겠습니다.

곤충은 성장 과정에서 변태를 겪습니다. 간단히 말하면, 유충과 성충의 모습이 완전히 달라지는 것입니다. 인간과 같은 포유류는 변태를 하지 않습니다. 아기와 어른의 모습은 달라지긴 하지만 기본적인 구조는 같습니다.

곤충 외에도 갑각류(예 : 게)도 변태를 합니다. 이 변태는 불완전 변태와 완전 변태로 나눌 수 있습니다. 예를 들어, 잠자리는 불완전 변태에 해당합니다. 유충이 잠자리로 변할 때 기본적으로 유충 부분은 잠자리로 그대로 살아 있습니다. 유충이 먹이를 씹을 때 사용했던 턱은 수정이 더해지긴 하지만 잠자리의 턱이 됩니다.

한편, 나비는 후자의 완전 변태에 해당합니다. 배추흰나비의 유충이 양배추 이파리를 갉아 먹는 모습을 본 적이 있을 것입니다. 유충일 때에는 갉아 먹기 위한 턱을 가지고 있지만, 나비가 되면 잎을 갉아 먹지 않고, 빨대와 같은 입으로 꽃에서 꿀을 빨아 먹습니다.

어떻게 갉아먹는 입이 빠는 입으로 바뀔 수 있는 것일까요?

그 비밀은 번데기 시기에 있습니다. 나비는 번데기가 되는 순간, 유충일 때 활동하던 세포를 전부 한 번 해체해 버립니다. 한편으로 가지고 있었지만 분화되지 않았던 – 간단하게 말해 숨겨져 있던 – 세포를 증식시켜 새로운 나비의 몸을 만드는 것입니다. 유충일 때에 사용했던 내장 등 모든 기관도 새로 만들어집니다.

집에 비유하자면, 불완전 변태는 리모델링입니다. 집의 기본 골격은 남겨두고 여기저기 손을 봐서 새로운 집을 만듭니다. 한편, 완전 변태는 신축입니다. 낡은 집을 허물고 그 자리에 완전히 새로운 집을 짓습니다. 따라서 생각하기에 따라선 유충과 나비는 서로 다른 별개의 생물이라고도 할 수 있습니다.

이렇게 생각하면 다음과 같은 가설이 떠오릅니다.

원래 나비의 유충과 성충은 서로 다른 별개의 생물이었고, 유충은 양배추 주변을 얼씬거리고 있었고 성충은 꽃 위를 살랑살랑 날아다녔습니다. 그러다가 어느 날 유충 안에 나비가 들어와서 「우리 함께 사이좋게 지내자」라며 말을 건넸을 겁니다. 한쪽은 땅 위에서 열심히 먹으며 살을 찌우고, 또 한쪽은 날아다니며 번식 활동에 힘쓰기로 역할 분담을 했기 때문에 유충과 성충의 형태가 전혀 다르다는 것입니다.

「말도 안 되는 소리」라고 생각할 수도 있겠지요. 하지만 그렇게 생각하는 것이 더 이해하기 쉬운 예시는 생물의 세계에는 얼마든지 존재합니다.

예를 들어, 불가사리는 별 모양(실제로 별은 저런 모양을 하고 있지는 않기에 정확하게 말하면 불가사리 모양은 오각 대칭 구조)을 하고 있습니다. 그런데 불가사리의 유생은 새우처럼 다른 생물에서도 자주 관찰되는 좌우 대칭인 모양을 하고 있습니다.

어째서 일반적인 형태의 생물에서 오각 대칭인 모양으로 바뀌는 것일까요? 도중에 어떤 다른 생물이 쳐들어와 지배당했다고 생각해 보면 어떨까요?

물론 이런 의문에는 제대로 된 생물학적 설명이 있습니다. 통상적으로 생물학을 공부하면 「이 부분이 이렇게 돼서 이렇게 되기 때문에 바뀌는 것이다」라는 것을 배우게 됩니다. 그래서 순진한 사람들은 「아 그렇구나」하고 이해하게 됩니다.

하지만 저는 순진하지 않아서 의심을 품습니다. 원래는 점령당한 것이 아닐까? 하고요. 이런 이야기를 하는 사람은 그리 많지 않습니다.

「저 녀석은 지금은 인간이지만, 원래는 개였던 게 아닐까?」이런 만담에서나 나올 법한 이야기를 진지하게 한다면 이상한 사람 취급을 받을지도 모르겠습니다. 하지만, 저는 단순한 생각으로 이런 이야기를 하는 것이 아닙니다.

체내는 바이러스로 가득하다

인간 게놈 연구가 상당한 성과를 보인다는 소식을 접한 분들이 많을 것입니다. 인간의 유전자 배열 전체가 해독된 것입니다. 대략 설명을 하자면 인간의 유전자는 A, T, G, C라는 네 종류의 염기가 30억 개나 나란히 배열되어 이루어져 있습니다. 이것이 어떤 식으로 배열되어 있는지를 해독한 것입니다. 즉, 염기 배열의 지도가 완성된 셈입니다.

우리는 그동안 이 배열에 따라 다양한 것들이 만들어진다고 배워왔습니다. 일반적으로 유전자는 생물의 설계도라고 표현됩니다. 이 배열에 따라 다양한 단백질이 만들어지기 때문입니다.

그런데 해독이 끝나고 나서 밝혀진 것은, 유전자가 곧 인체 설계도가 아니라는 사실입니다. 단백질 설계에 관여하는 것은 유전자 중 겨우 1.5%에 불과하고, 나머지 98.5%는 그런 데 관여하지 않는다는 것입니다.

그렇다면 나머지 유전자는 어떤 역할을 하고 있는 걸까요?

사실 아직 잘 모릅니다. 하지만 약 30%의 유전자가 원래 외부에서 온 바이러스였다는 사실도 밝혀졌습니다.

이것은 SF 같은 이야기가 아닙니다.

예를 들어 에이즈 바이러스는 감염된 사람의 염색체 안에 숨어듭니다. 한 사람의 짧은 생애 동안에는 그렇게 많은 바이러스에 감염되지 않을 수도 있습니다(보충하자면 바이러스가 곧 질병을 유발하지는 않습니다. 보유하고 있어도 아무런 문제가 일어나지 않는 바이러스도 많습니다).

그러나 척추동물이 탄생한 지 벌써 5억 년이 지났습니다. 그동안 얼마나 많은 바이러스에 감염되었고, 얼마나 많은 바이러스가 체내에 들어와 그대로 정착했는지 모릅니다. 체내에 있는 바이러스로 유래된 유전자들이 그 결과인 것입니다.

우리 몸은 바이러스와 공생하고 있는 것은 아닐까요? 몸속에 「인간이 아닌 생명체」를 품고 있는 것은 아닐까요? 이렇게 생각하는 것이 그리 이상한 일이 아니라는 것을 이해하실 수 있을 것입니다.

그리고 이렇게 생각하면 유충 안에 나비라는 또 다른 생물이 살짝 정착해 살고 있다고 해도 그렇게 놀랄만한 일은 아니지 않을까요.

어쩌다 「자신」에 대한 이야기가 바이러스 이야기가 되어버렸네요. 그렇지만 이야기의 범주를 벗어난 것은 아닙니다. 곧 같은 결론에 도달하게 됩니다.

「생태계」라는 말이 있습니다. 이는 지구상의 모든 생물이 다양한 형태로 서로 의존하고 있다는 것을 의미합니다. 곤충이나 새, 포유류나 식물 등이 서로 도움을 주고받는 그림을 어디선가 본 적이 있을 것입니다.

이런 사고방식은 우리에게 별다른 거부감 없이 받아들여집니다. 하지만 이전부터 「자신」을 먼저 앞세우는 사회 속에서 사는 사람들은 이것을 잘 이해하지 못합니다. 마굴리스가 「우리 세포는 근본적으로는 외부로부터 여러 종류의 원핵생물이 정착해 살며 만들어진 복합체」라고 1970년에 주장한 이후로 20여 년간 미국의 생물학회에서는 「공생」이라는 단어가 들어간 학회나 심포지엄이 열리지 않았습니다.

미국인들은 공생을 별로 좋아하지 않습니다. 공생 같은 건 싫다. 내 말만 들어라. 후세인도 빈라덴도 싫으니 그냥 죽여버리자, 이런 식입니다. 물론 정작 미국인에게 물어보면 「그럴 생각은 없다」고 하겠지만, 여러 이유를 붙여도 실제로 하는 행동을 보면 결국 그런 셈입니다.

오해는 마시기 바랍니다. 비난하려는 것이 아닙니다. 단지,

그런 문화를 가진 사람들일 뿐입니다.

반면 일본은 공생의 세계에서 자라왔습니다. 「자신」을 앞세우는 일은 거의 없었습니다. 그렇다고 일본인이 미국인보다 우월하다는 뜻은 아닙니다. 일본도 저속한 미디어들이 전 국민들의 상상력과 사고력을 저하시킨다는 비판을 받던 시기가 있었으니까요.

공생의 장점

저는 자주 산에 갑니다. 그곳에서 임업에 종사하는 분들의 이야기를 종종 듣습니다. 산을 잘 유지하려면 적절하게 나무를 잘 솎아내는 작업이 중요하다고 합니다. 그런데 그런 작업을 잘 할 수 있는 눈을 가졌거나 실력을 갖춘 전문가의 수는 점점 줄어들고 있어 걱정인 모양입니다. 어떤 나무를 자르고 어떤 나무를 남길 것인지, 몇 년 후에 나무가 어떻게 성장할지를 판단할 수 있는 사람이 부족해지고 있다는 실정이라는 것입니다.

일본 남부에 있는 고치현에서 나무를 남길 때는 보통 세 그루 단위로 묶어서 남긴다고 합니다. 그건 또 왜 그런 걸까요. 고치현은 태풍이 많은 지역입니다. 태풍으로 나무가 쓰러지지 않도록 하려면 한 그루에 가해지는 바람을 약화시켜야 합니다. 그런데 세 그루가 한 단위의 그룹으로 서 있으면 바람이 어디서 불어오더라도 어느 쪽이든 바람을 맞는 위치에 있게 되어 전체적으로 바람의 세기가 약해진다고 합니다. 이렇게 세 그루가 함께 공생함으로써 숲 전체가 보호되고 있는 것입니다.

이것이 시사하는 바를 잘 생각해 보셨으면 합니다. 전국적으로 인공조림이 늘어나면서 삼나무만 가득한 산이 많아졌지만, 본래의 산은 이런 모습이 아닙니다. 본래 천연림은 다양한 활엽수 사이에 삼나무가 섞여 있는 모습입니다. 그런 산은 각양각색의 나무들로 이루어져 너무나 아름답습니다. 붉은색, 녹색, 노란색이 흩뿌려져 마치 패치워크처럼 펼쳐져 있습니다.

이렇게 여러 종류의 나무들 밑에는 다양한 생물들이 살고 있습니다. 그래야 서로에게 도움이 되기 때문입니다. 그렇게 산 전체가 유지되는 것입니다.

인간의 입장에서 임의로 나무 한 그루를 베면 나무 밑의 토양의 상태가 바뀝니다. 또 옆 나무에 미치는 바람이나 일조량도 달라집니다. 이렇게 모든 것이 서로 영향을 주고받고 있습니다.

흰개미와 아메바

흰개미는 목재를 먹고 삽니다. 하지만 실제로는 목재의 셀룰로스를 분해할 수 있는 효소를 가진 생물은 거의 없습니다. 예외적으로 달팽이는 그 효소를 가지고 있지만, 흰개미는 직접적으로 그 효소를 만들지 못합니다.

그렇다면 흰개미는 어떻게 목재를 먹을 수 있는 것일까요? 그것은 위장에 셀룰로스를 분해할 수 있는 아메바가 있기 때문입니다. 이 아메바 덕분에 흰개미는 목재를 소화할 수 있습니다. 그로 인해 인간에게 해를 끼치게 됩니다.

흥미로운 실험이 있습니다. 이 아메바는 흰개미보다 열에 약한 것으로 알려져 있습니다. 그래서 온도를 높이면 아메바만 죽고 흰개미는 살아남게 됩니다. 그런데 이렇게 되면 흰개미는 먹은 목재를 소화할 수 없게 되기 때문에 결국 곧 죽게 됩니다.

그럼, 흰개미와 아메바는 별개의 생물이라고 할 수 있을까요? 그렇다기보다는 운명 공동체라고 생각하는 편이 자연스럽습니다. 실제로 흰개미의 장 속에는 아메바 등 다양한 미생물이 공생하고 있으며, 이들이 셀룰로오스를 분해해 흰개미가 살아갈 수 있도록 돕습니다.

사실 몸 안에 다른 생명체를 지니고 있는 것은 그리 보기 드문 일이 아닙니다. 인간의 뱃속에는 60조에서 100조에 이르는 많은 수의 세포가 있습니다. 현미경을 처음 만든 네덜란드의 레벤후크(Leeuwenhoek, 1632.10.24~1723.8.26)란 학자는 현미경으로 자신의 치아 사이를 관찰하고 그 엄청난 수의 미생물이 움직이는 것으로 보고 경악했다고 합니다.

지하철역의 에스컬레이터 손잡이는 정기적으로 「살균」을 하고 있습니다. 하지만 그것을 타고 다니는 우리 몸에는 말도 안 되게 많은 세균이 살고 있습니다. 이미 우리는 세균과 공생 중인 것입니다.

점점 이야기가 연결되고 있습니다.

이처럼 공생, 일심동체, 운명 공동체와 같은 상태가 자연 본연의 모습입니다. 오히려 개성을 갖고 확고한 「자아를 확립하고 독립적으로 살아간다」는 생각이야말로 현실과 거리가 먼, 생물의 본질에서 벗어난 사고방식입니다.

나는 환경의 일부

암스트롱이 달에 착륙했을 때, 달 표면이 진공 상태였음에도 불구하고 활동이 가능했던 이유는 우주복을 입고 있었기 때문입니다. 그렇다면 그 우주복과 암스트롱 사이에는 무엇이 있었을까요? 그것은 바로 지구의 공기입니다. 그것이 없었다면 암스트롱은 즉사했을 것입니다.

이것은 아메바와 흰개미의 관계와도 같습니다.

즉, 지구 환경과 인간의 관계도 마찬가지입니다. 「환경의 중요성」에 대해 이의를 제기할 사람은 없겠지요. 하지만 얼마나 많은 사람이 환경과 우리는 일심동체, 한 몸이라는 점에 대해 깊이 생각해 보았는지, 그리고 진심으로 그렇게 느끼고 있는지는 의문입니다.

혹시 「나는 나다」, 「인간은 인간이다」, 「환경은 외부에 존재하는 것」이라고 여기고 있지는 않습니까? 이런 사고방식이 늘어난 것은 르네상스 이후의 「개인」 중심의 사고방식이 확산되었기 때문입니다. 「자신」을 주변으로부터 독립된 존재로 세우고 관계를 끊어버리는 것입니다. 주변은 모두 이물질이므로 거부당하면 부정적으로 바뀝니다. 임사 체험과 정반대의 상황입니다.

저는 불교 신자는 아니지만, 이러한 점에서 더 자연스러운 사고방식을 가지고 있다고 할 수 있습니다. 다양한 것들과의 연결을 중요시하는 것이야말로 「인연(緣)」이라고 생각하고 있습니다.

저는 자주 부탄에 갔었을 때의 제 경험을 주변에 이야기하곤 했습니다. 저의 책, 『죽음의 벽』(新潮新書)에도 이 내용이 나옵니다. 식당에서 밥을 먹고 있는데 제 물잔에 파리가 빠졌습니다. 현지 사람들이 얼른 그 파리를 꺼내 날려주면서 저에게 「당신의 할아버지였을지도 모르니까」라면서 웃었습니다.

부탄에서는 서로가 연결되어 있다는 가르침이 살아서 실천되고 있었습니다. 물론 실제로 그 파리가 제 할아버지일 리는 없습니다. 그런 것을 너무 진지하게 믿어버리면 그것 또한 폐해가 될 수 있습니다. 하지만 그런 사고방식을 가지고 있다는 것에는 의미가 있습니다.

논과 나는 하나

우리는 그동안 이상한 사회를 만들어왔는지도 모른다고 느끼는 순간들이 많았습니다. 원래 자연과 공생하는 문화, 「개인」이 없어도 되는 사회를 가지고 있었지만, 점점 잘못된 방향으로 흘러왔습니다. 예전에는 말하지 않아도 알던 것들이 이제는 말을 해도 통하지 않는 시대가 되어버렸습니다.

학생들을 논으로 데려갔을 때, 「저 논이 바로 너다」라고 말하면, 학생들은 어리둥절해합니다. 하지만 논은 곧 우리 자신입니다. 논에서 쌀이 자라고, 그 쌀을 먹어 우리 몸이 만들어집니다. 그 쌀을 만드는 논의 흙이나 물, 거기에 내리쬐는 햇빛도 모두 저 자신이 되는 것입니다. 물론 바다도 마찬가지입니다. 생선을 먹는 것은 바다를 몸속으로 받아들이는 것이라고 할 수 있습니다. 그러나 이런 사실을 아이들에게 가르치는 어른은 많지 않습니다. 「너는 너, 논은 논, 바다는 바다」라고만 가르칠 뿐입니다.

아이누족은 「곰제」라는 의식을 행합니다. 사람들에게 잡아먹히거나 털을 제공하는 곰을 신의 화신이라고 여기고, 곰의 두개골을 걸어 놓고 다시 신의 나라로 보내는 의식입니다.

현대 사람들은 이러한 것을 「원시적」이라고 생각하겠지요. 하지만 그렇게 생각하는 사람과 아이누족 중 누가 더 정상일까요? 생물의 본질을 이해하고 있는 것은 아이누족일지도 모릅니다.

저는 봄만 되면 삼나무 꽃가루 알레르기 증상이 심해집니다. 전국의 어느 산을 가더라도 온통 삼나무가 심어져 있으니까요. 왜 산에는 모두 같은 나무만 심었을까요? 좀 다양한 나무를 심었더라면 더 자연이 어우러질 수 있었을 텐데요. 그런데 이 질문에 대한 답은 정해져 있습니다.

　「경제성이 떨어지기 때문이지」 아마 이런 말을 할 겁니다. 다양성이 중요하다는 주제로 토론을 하게 되면 「그렇게 하면 경제성이 떨어진다」는 말이 바로 나옵니다. 그런 식의 사고가 배경에 깔려 있는 것입니다. 하지만 「경제성이 떨어진다」는 말로 사고를 멈추어서는 안 됩니다.

제 4 장

에너지 문제는 자기 자신의 문제

원자력 발전소도 세계의 일부

저는 호박과 고구마를 먹지 않습니다. 사람들이 그 이유를 물으면 「모두가 행복해지길 바라는 마음에서 저는 안 먹습니다」라고 대답합니다.

물론 이것은 농담입니다. 사실 저는 전쟁 중에 그리고 그 전후에도 정말 지겨울 정도로 평생 먹을 양을 다 먹었기 때문에 더는 먹고 싶지 않습니다.

「그러면 경제가 좋아지지 않는다」라는 말을 들으면, 그 시절의 힘들었던 상황들이 떠오르면서 그렇게 생각하는 건 좀 이상하지 않냐고 되묻고 싶어집니다.

그때는 경제가 전혀 돌아가지 않았지만, 모두 어떻게든 잘 살아왔습니다. 그 당시 못 먹어서 굶어 죽은 사람은 「암거래 쌀은 먹지 않겠다」며 윤리적인 결단을 내리고 강경히 버티다 영양실조로 돌아가신 야마구치 요시타다(山口 良忠) 판사 정도가 아닐까요. 그래도 그분의 가족들은 살아남았습니다.

제 말이 좀 심했다는 건 저도 알고 있습니다. 일본은 「경제적 효율성을 생각한다」고 하면서 원자력 발전소를 50개나 만들었습니다. 어쩌다 이렇게 많이 늘어난 것인지 원전이 알아서 새끼라도 치는 건가 싶을 정도였다니까요.

앞 장에서 말한, 자연과 인간, 그리고 자기 자신이 연결되어 있다는 이야기는 어느 정도 받아들여질지 모르겠습니다. 하지만 이야기를 조금 넓혀 「세계 전체와 연결되어 있다」라고 하면 어떨까요? 세계 전체라면 사회나 인공물들도 포함됩니다. 고층빌딩이나 댐도, 원자력 발전소도 존재하는 한 「세계」의 일부입니다.

논과는 달리, 빌딩이나 댐, 하물며 원전과 내가 연결되어 있다고까지는 생각할 수 없다며 화를 내는 사람이 있을지도 모릅니다. 그렇지만 「나는 모르는 일이다. 나와는 상관없다」고 쉽게 잘라낼 수는 없습니다. 그래도 한번 「세계와 연결되어 있다」고 생각해 보십시오. 그렇게 생각하면 후쿠시마 제1 원전 사고도, 에너지 문제도 결국 내 자신의 문제로 인식하지 않을 수 없게 됩니다.

나는 그런 식으로 생각하고 싶지 않다거나 불쾌한 기분이

든다면 그것도 이해할 수는 있을 것 같습니다. 그러나 대부분의 사람이 「원전은 나와 상관없다」고 딱 잘라 외면해 버렸기 때문에 지금까지 여러 가지 문제가 생겼다고 우리는 생각할 수 있습니다.

에너지는 일장일단(一長一短)

저는 원전이 좋다고 생각하지 않습니다. 하지만 마찬가지로 화력 발전으로 석유나 석탄을 사용하는 것이 좋다고도 생각하지 않습니다. 각각의 에너지는 모두 장점과 단점이 있고, 에너지 문제에 있어 완벽하게 좋은 해법이란 존재하지 않습니다.

자연재생에너지가 좋다고 주장하는 사람들도 있습니다. 마치 꿈의 에너지처럼 들떠서 이야기하는 사람들도 있지만, 이는 원전 도입 시에 내걸었던 홍보 문구와 사실상 동일합니다. 1950년대에는 원자력의 평화로운 이용이야말로 궁극적으로 에너지 문제를 해결할 꿈의 계획으로 여겨졌던 것과 같습니다.

핵연료의 처리를 고려하면 태양광 발전이 원전보다는 낫다고 말할 수 있을지도 모릅니다. 하지만 태양광 발전에도 처리 문제가 없다고 단언할 수는 없습니다. 예를 들어, 태양광 패널이 몇 년이나 쓸 수 있는지, 그 패널에 얼마나 귀한 희귀 금속이 사용되고 있는지는 기업 비밀입니다. 언제 갑자기 기업이 「더 이상 패널을 만들 수 없다」는 말이 나올지 알 수 없습니다.

　에너지에 대해 좀 더 진지하게 생각해 보려면 인간에게는 어느 정도의 에너지가 필요한지에 대한 근본적인 문제에서부터 고민해야 합니다. 현재 일본인은 1인당 자신이 직접 만들어 내는 에너지의 40배를 소비하고 있다고 합니다. 이는 마치 각자가 40명의 노동자를 고용해서 매일매일 살아가는 것과 같습니다. 우리가 너무 과소비하고 있다는 생각이 들지는 않나요?

　문제는 에너지를 무분별하게 남용하는 것이 「강하다」는 측면이 있다는 것입니다. 미국의 군사력이 강한 것도 그 때문입니다. 그들은 일본의 4배를 사용하고 있습니다. 즉, 각자가 160명의 노동자를 고용하여 살고 있는 것과 같습니다.

　하지만 그렇게 해서 미국인이 행복한가 하면, 꼭 그런 것 같지도 않습니다. 평균적으로는 일본인이 더 행복한 것 같기도 합니다. 적어도 미국인이 일본인보다 4배나 더 행복하다고는 생각되지 않습니다. 그것만 봐도 에너지를 대량 소비한다는 것이 그다지 큰 의미가 없다는 것을 알 수 있습니다.

　그러니까 에너지를 사용하지 말라는 것이 아닙니다. 왠지 필요 이상으로 에너지를 사용하고 있다는 느낌이 든다는 것입니다. 쓸데없이 건물에 조명을 켜놓는다든지 지나치게 밝은 조명이 빛 공해로 이어져 생태계를 방해하고 있습니다. 그로 인해 벌레들의 생태도 엉망이 되어버렸습니다.

과거에는 한 사람이 평균 1마력 정도의 에너지를 사용하는 것이 일반적이었습니다. 그 정도의 소비가 오히려 적당한 것이 아닐까 생각됩니다. 물론 모두에게 일률적으로 적용할 필요는 없습니다. 건설 작업 현장과 같이 중노동을 하는 현장에서는 에너지를 마음껏 써야 합니다. 첨단 기계나 자동화 시스템은 결과적으로 사회 전반에서 허리가 굽은 노인이나 신체적 어려움이 있는 사람들을 덜 보게 되었습니다. 이것은 진보의 덕분이고, 이게 다 에너지의 덕입니다.

성장에 대한 의심

우리는 어느 정도의 에너지를 소비하는 것이 바람직할까요? 에너지를 소비하지 않고 어느 정도나 참을 수 있는지에 대해서는 좀 진중하게 생각해 봐야 합니다. 이런 일을 국회에서 논의할 수는 없습니다.

모든 사람이 「경제는 좀 더 발전할 필요가 있다」고 말합니다. 신문, TV 등에서 다루는 논조는 대부분 그렇습니다. 이 논조의 전제는 「경제발전은 좋은 것이고 서민에게도 이익이 된다」
는 것입니다. 하지만 그 전제가 어디까지 옳은 것인가에 대한
고려는 거의 이루어지지 않고 있습니다.

　국가의 경제성장은 에너지 소비와 비례합니다. 에너지 소
비량이 증가하면 경제는 성장하고 반대로 에너지 소비가 줄어
들면, 경제는 침체됩니다. 경제성장이라는 것은 에너지 소비량
의 증가를 다른 말로 표현한 것뿐이라고도 말할 수 있습니다.

　제가 태어났던 그 시절과 비교하면 1인당 에너지 소비량은
비약적으로 늘었습니다. 의사였던 어머니가 외진 곳으로 왕진
을 다닐 때는 인력거를 사용했습니다. 그리 오래전 이야기도 아
닙니다. 여하튼 제가 아직 살아 있으니까요. 당시에는 소도 노
동력으로 쓰였습니다. 소가 에너지원이었던 거죠.

　이런 이야기를 젊은이들에게 하면 도무지 믿질 않습니다.
모두 석유가 대신해 주는 세상으로 바뀌었기 때문입니다. 점차
석유의 사용량이 늘면서 일본은 「경제성장」을 이루었습니다.

　물론 석유가 무제한으로 쓸 수 있다면 에너지 걱정을 할 일
이 없겠지만 현실은 또 그렇지가 않습니다. 대체 에너지에도 한
계가 있습니다.

　이런 상황에서 경제성장, 즉 에너지 소비 확대를 추구하는

것이 과연 옳은 일인지 한번 생각해 보면 분명해집니다.

그렇다고 경제를 무작정 축소할 수도 없습니다. 그 부분은 정도의 문제가 되겠지요. 그러나 앞으로 인구가 줄어들기 때문에 경제가 다소 정체되더라도 성장과 같은 결과를 가져올 수 있습니다. 1인당 에너지 소비량은 같거나 늘어날 가능성이 있기 때문입니다.

에너지의 한계

현재 경기가 침체되고 있는 것은 기본적으로 정치 탓은 아닙니다. 전 세계의 선진국들이 불황에 빠져 있기 때문입니다. 고에너지 소비 사회라는 것은 부모의 유산을 탕진하는 것과 같습니다. 에너지의 한계가 보이기 시작하면 지금까지와 같이 지낼 수 없다는 것은 불 보듯 뻔한 일입니다. 에너지에만 의존할 것이 아니라 성실하게 일해야 한다는 뜻입니다.

우상향하는 경제는 우상향하는 에너지소비가 전제되어야 하는 것인데 그 전제가 무너진 이상 지금과 같은 현상은 자연스러운 일입니다.

메탄 하이드레이트와 같은 새로운 자원으로 고에너지 사회를 유지하려고 하지만 그마저도 100년을 버티지 못할 것입니다. 셰일가스는 100년은 버틴다고들 합니다만, 그 말은 100년 후는 또 모른다는 말이기도 합니다.

20세기 말에는 많은 과학자들을 대상으로 조사한 결과를 정리한 『과학의 종말(The End of Science)』이라는 책이 출간되었습니다. 이 책에서 대부분의 과학자들은 「과학이 모든 것을 해명하지는 못할 것」이라고 답했습니다.

아인슈타인 시대에는 이런 생각이 거의 없었습니다. 하지만 이미 과학 자체가 한계에 다다랐음을 과학자들도 자각하고 있는 것입니다.

물론 앞으로도 다양한 새로운 발견은 있을 것입니다. 하지만 보통의 사람들이 통상적으로 생각하는 과학은 이미 상당한 수준에 다다랐습니다. 앞으로는 그렇게 커다란 진보는 기대할 수 없을 것입니다.

그렇게 되면 경제도 비약적으로 좋아질 것으로 생각하기 어렵습니다. 산업혁명 이래 우상향 해온 성장은 그 끝이 보입니다. 국제 학계·재계 인사들을 주축으로 1968년 창립된 로마클럽은 1972년 「성장의 한계」라는 보고서에서 곧 자원의 한계가 올 것이라고 발표하였습니다. 이것을 계기로 원유 가격이 오르고 오일쇼크가 일어났습니다.

그 후 석유는 조금 더 오래 갈 것으로 예측했지만, 그렇다고 하더라도 앞으로 그리 오래 버티지는 못할 것입니다. 그런데도 「더 이상 성장은 한계에 다다랐다」라고 말하는 정당은 없습니다. 좌우를 막론하고 모두 「우리가 하면 성장시킬 수 있다」고 주장합니다. 모든 정당이 경제 성장을 우선이라는 전제를 두고 있습니다. 이는 반드시 선거에서 이기기 위해서이기도 합니다.

하지만 현실을 냉정하게 보면, 정말로 고민해 봐야 할 것은 「어느 정도까지의 에너지 소비라야 모두가 감내할 수 있을 것인가」라는 점입니다. 이에 대해 정치인들은 진지하게 생각하지 않습니다.

인구 감소 자체가 큰 문제라고 말하는 사람도 있습니다. 저출산에 제동만 걸 수 있다면 바로 경제성장으로 이어진다고 하지만 이에 동의하기 어렵습니다. 일본의 생물학자인 이케다 키요히코(池田清彦)씨는 생태학적으로 생각하면 일본은 아직도 인구가 너무 많다고 합니다. 저 또한 국토 면적 등을 고려하면 6,000만~7,000만 명 정도가 적정하지 않을까 생각합니다.

「앞으로 단카이 세대(일본에서 제2차 세계대전 이후인 1947년~1949년 사이에 태어난 베이비붐 세대)가 고령화되어 오래 살게 되면, 젊은이들의 부담이 엄청나게 커질 것이다. 인구 감소가 좋다는 건 말도 안 된다」

고 생각하는 사람도 있을 것입니다. 확실히 당분간은 단카이 세대의 노후를 책임지기 위해 젊은이들의 부담이 늘어날 수밖에 없습니다. 하지만 그것은 고작 30년 정도의 일이고 그 후에는 자연스럽게 해소될 문제입니다. 즉 30년만 참으면 된다는 얘기입니다.

정말 단카이 세대가 모두 장수할지 어떨지도 모르는 일입니다. 신종 질병이 갑자기 출현하여 인구가 대거 사망할 가능성도 있습니다. SF 영화에나 나올 법한 일이 생물학적으로도 충분히 있을 수 있는 이야기라는 것입니다.

현실적으로 생각하면 일본은 앞으로 30년을 어떻게 버틸지 고민하는 것이 더 중요합니다. 이런 문제들을 해결할 수단에 대해서는 생각해야 하겠지만, 100년 후의 연금까지 걱정할 필요는 없습니다. 그때쯤이면 현재 살아있는 사람들 대부분은 죽은 후일 테니까요.

그보다는 지금 당장 진지하게 고민해야 할 것은 에너지 문제나 수자원 문제입니다. 이것들은 되돌릴 수 없는 문제이기 때문입니다. 일본은 물이 풍부하다고는 하나 실제로는 이미 한도에 가깝게 물을 사용하고 있습니다. 이대로 방심하고 지하수를 많이 써버리면 지반 침하 등에 영향을 미칠 수 있습니다. 지하

수는 규제가 없으니 더 큰 문제입니다.

물이 석유와 달리 순환하기 때문에 당분간 고갈될 우려는 없습니다. 인구가 줄면 금세 고갈되지도 않을 것입니다. 그렇다고 해도, 이런 문제에 대해서는 지속적으로 조사를 해야 합니다. 실제로 개별 데이터는 잘 관리되고 있지만, 이를 통합적으로 점검하는 기관이 일본에는 없습니다.

장기적인 토론의 장이 필요

이런 장기적인 주제를 국가 차원에서 논의하기 위해서는 참의원을 개혁하는 것도 하나의 방법이 아닐까요. 자주 회자되는 이야기이지만 지금의 참의원은 중의원과 별 차이가 없습니다. 임기가 길다고는 하지만 결국 선거에서 표를 얻는 일에만 필사적이기 때문에 장기적인 논의가 불가능합니다. 수십 년 후를 내다보며 논의할 수 있는 기관이 필요합니다. 짧은 주기로 진행되는 선거에서의 쟁점은 큰 문제가 아닙니다. 보다 크고 장기적인 안목으로 생각해야 할 주제는 따로 있습니다.

이런 큰 주제를 고민하는 역할을 참의원이 맡아주면 좋지 않을까요? 정치적인 이슈와 관계없이 장기적인 방향성을 가지고 에너지, 바다나 산 등의 자연환경 등을 고민하는 거죠. 그렇게 되면 선거에서 표를 얻기는 어렵기 때문에 예전의 원로원처럼 운영하는 것도 한 방법입니다. 전직 총리 등 유능한 인재를 모으고 그 산하에 정책 제안과 실행을 주도하는 조직을 두는 방식입니다. 각 의원이 싱크탱크처럼 기능하게 하고 그 집합체로서 참의원을 운영하는 것입니다.

참의원을 국가 정책의 장기적 자문 역할을 맡게 하는 것입니다. 얼핏 보기에는 아무것도 아닌 듯이 보여도 이런 일을 몇십 년이고 지속한다면 어느샌가 「참의원의 의견은 장기적으로 보면 맞다」는 평가를 받게 될 것입니다. 만약 그런 기관이 있었다면 「원전의 전원은 방수 설비를 갖추라」는 규칙도 철저히 지켜졌을지도 모릅니다. 참의원이 중의원과 같은 주제를 놓고 반복적으로 싸우는 것은 분명히 낭비입니다.

이렇게 양원제가 의회제도의 지혜라지만, 현재로서는 이는 명백히 비효율적이고 무의미한 정치적 갈등을 야기할 뿐입니다. 아마 실제로는 의원들은 각각 다양한 배경과 전문성을 가지고 있으며, 그중 일부는 특정 이슈에 대한 깊이 있는 이해와 분석 능력을 갖추고 있는 사람도 있을 것입니다. 참의원들이 이러한 주제에 대해 제대로 시뮬레이션을 하고 장기적인 논의를 진행해 나가면 좋겠습니다. 그렇게 되면 불필요한 선거 비용도 줄

일 수 있고, 정치적인 안전성도 높아지니 우리에게 좋지 않을까
요?

제 5 장

일본의 시스템은 살아있다

시위(데모)를 어떻게 볼 것인가

후쿠시마 원전 사고 이후, 원전에 반대하는 사람들이 크게 늘었습니다. 한때는 총리 관저 앞에서 대규모 시위가 매주 열릴 정도였습니다. 이런 상황에서 「원전도 우리의 일부 아닙니까?」라고 말하면, 분명히 화를 내는 이들도 있을 것 같아서 매우 복잡한 감정을 불러일으킵니다.

물론 우리의 속내는 이런 건 「나와는 아무런 상관없는 일」이라고 생각하고 싶을 때도 있죠. 저도 원전이 언제 이렇게 늘었나 하는 의아할 정도입니다. 그럼에도 결국 따지고 들어가면, 이 문제 역시 나 자신과 연결된 문제라는 생각을 하지 않을 수 없는 것입니다.

본래 일본인은 모든 것은 연결되어 있다는 감각을 무의식적으로 가지고 있습니다. 그렇기 때문에 천황이라는 한 사람이 「국민 통합의 상징」이 될 수 있었던 것입니다.

천황이 상징이라는 사실을 일본인 대부분은 자연스럽게 받아들이고 있습니다. 그러나 일본에는 다양한 사람과 문화가 공존하고 있는데, 최종적으로 한 사람에게 상징성을 부여하는 것은 냉정히 생각해 보면 상당히 무리가 있는 이야기입니다. 그런데도 수많은 일본인들은 거기에 특별히 위화감을 가지고 있지 않습니다. 「모든 것은 연결되어 있다」는 감각이 전제되고 있기 때문입니다.

많은 사람들이 지금은 잊었거나 모르고 있겠지만, 과거 일본인에게는 「생일」이 없었습니다. 물론 실제로 태어난 날은 각각 존재하고 기록은 하지만 그것을 축하하는 일은 없었습니다. 왜냐하면 모두가 일제히 새해를 기준으로 나이를 먹게 되어있었기 때문입니다.

「세는 나이」란 바로 그런 것입니다. 12월 31일에 태어나도 새해가 되면 「두 살」이 됩니다. 태어난 지 이틀밖에 안 되어도 마찬가지입니다. 이는 곧, 모두가 하나로 연결된, 천황을 정점으로 한 사상의 가족이라는 뜻입니다. 세는 나이는 없어졌고, 이런 전쟁 이전의 습관이나 법률도 바뀌었지만, 어딘가에 이런 가족적 의식은 남아있다고 생각합니다.

시위에 대한 위화감

원전에 반대하기 위해 시위를 하는 행위 자체는 의견 표명의 수단으로 이해할 수 있습니다. 하지만 솔직히 말하면 개인적으로는 이런 수법에는 그다지 흥미가 없습니다. 주장의 내용을 운운하기 이전에, 예전부터 시위라는 방식에 관심이 없었습니다. 약간의 위화감을 가지고 있었다고 할 수도 있을 것입니다.

간단히 말하자면, 그런 형태의 「사회를 바꾸는 운동」에는 얽히고 싶지 않았습니다.

1960년대 안보 투쟁 당시, 국회에 시위대가 들이닥쳤을 때, 기시 노부스케 수상은 「지금도 고라쿠엔 구장은 사람들로 만원」이고 말하며 안보 조약 체결을 밀어붙였습니다. 소란을 피우는 건 일부일 뿐, 대다수는 관심조차 없다는 것입니다. 중요한 일은 자신들이 판단하고 결정한다는 신념이 있었던 셈입니다. 판단의 옳고 그름은 차치하고, 적어도 그 당시 정치인들에게는 「중요한 일은 우리가 결정한다」는 각오, 혹은 신념이 있었던 것이지요.

시위에 위화감을 갖게 된 것은 저의 성장환경과도 관계가 있는 것 같습니다. 제 어딘가에서 「나는 신참자」라는 생각이 계속 남아있었습니다. 그것은 지금도 마찬가지입니다. 세상은 나보다 먼저 완성되었고, 세상의 규칙은 이미 정해져 있습니다. 그곳에 나중에 들어온 사람은 어떻게 행동해야 할지, 어린 시절부터 늘 알지 못했습니다. 이는 내게 평생 고민거리였습니다.

언제나 「과연 내가 이런 곳에 있어도 되는 걸까」라는 소외감을 느꼈습니다. 세상에 대한 어색함, 불편함이 늘 있었습니다. 「나는 평범하다」고 생각하는 사람은 「이 사회에 사는 것이 당연하다」고 느끼는 사람입니다. 이런 사람은 세상과의 괴리를 느끼지 않습니다.

내가 느끼는 이 어색함은 내 성장 환경과도 관련이 있습니다. 네 살 때 아버지를 여의고, 한 부모 가정에서 자란 것과 무관하지 않겠지요.

지금은 어느 정도 나아졌을지 몰라도, 그 당시에는 한 부모라는 것은 자녀에게는 꽤 큰 핸디캡이었습니다. 특히 저희처럼 어머니만 계신 경우는 더욱 그랬습니다.

취직 하나만 봐도 대기업 등에서는 한부모 자녀를 채용하려고 하지 않는 풍조가 꽤 노골적이었습니다. 제가 월급쟁이가 될 수 없겠다고 생각한 이유 중 하나가 바로 그것이었습니다. 때문에 의사 같은 직업을 목표로 해야 했습니다.

이렇듯 나는 늘 어딘가 어색함을 느끼며, 세상에 잘 녹아들지 못했습니다. 세상은 이미 존재하지만, 나는 세상이라는 회원제 클럽의 멤버십을 갖지 못한 사람 같았습니다. 필시 세상과 한데 어울려있는 대부분의 사람은 자신이 멤버십을 가지고 있다는 사실에 의심을 품지 않을 것입니다. 어색함을 안고 사는지, 자연스럽게 세상에 녹아드는지, 어느 쪽에 속해 있느냐에 따라 세상을 바라보는 시각은 달라집니다.

연대의 불확실성

「남들과 잘 어울리지 못하는」 부류인 저는, 세상일에는 무지하다는 의식을 강하게 가지고 있었습니다. 세상에는 딱 맞아떨어져 어떤 의문도 없이 자연스럽게 살아가는 사람들이 있습니다. 그들은 무의식적으로 세상의 규칙을 알고 있는 것 같습니다. 그것이 부럽다기보다는, 세상은 그런 사람들이 차지해 가는 것이려니 생각하고 있었습니다. 다소 그런 위화감이 줄어든 것은 대학에 들어가고 나서였습니다.

곤충을 좋아하는 친구들 여럿과 시골에 갔을 때의 일입니다. 친구들은 숙박을 위해 여관을 잡고 흥정을 하는 일을 나에게 맡기고 싶어 했습니다.

곤충을 좋아하는 사람들은 요새 흔히 하는 말로 다들 오타

쿠들이었다고 할 수 있습니다. 사회성이 부족한 경우가 많습니다. 당시의 젊은이들은 지금과 비교하면 더 내성적이었고, 소심한 사람이 많았는데 그중에서도 곤충을 좋아하는 친구들은 좀 더 다른 사람과의 소통이 서툴렀습니다.

여관을 잡고 흥정을 하는 역할을 나에게 시킨 것은 그나마 내가 자기네들보다는 나을 것이라고 봐준 모양입니다. 별수 없이 제가 사회와 소통하는 역할을 맡게 되었습니다.

그렇다고 해서 제가 「곤충 오카구 중에서 나은 편」일 뿐, 세상에 잘 적응한 것은 아니었습니다. 당시에 나는 앞으로 결혼을 하고 가정을 꾸리는 것이 현실적이지 않다고 생각하고 있었고, 70을 훌쩍 넘긴 지금도 세상에 대한 거북함은 사라지지 않은 채 살고 있습니다. 그래서 대학 학장을 맡아 달라는 말을 듣게 되었을 때도 「내가 그런 일을 할 수 있을 리가 없다」고 생각해 버렸습니다.

강연을 하고, TV까지 나오는 제 모습을 보면서, 「세상과 잘 어울리는 것 아니냐」고 생각을 할지 모르지만, 내면의 본질은 변하지 않았다고 생각하고 있습니다. 대학 동창들은 여전히 「네가 사람들 앞에서 말을 다 하게 될 줄 줄은 몰랐다」고 말하곤 합니다.

다시 시위 이야기로 돌아가면, 여기에 참여하는 사람들은 어딘가에서 「이미 정해진 연대감」을 가지고 있습니다. 제게는 그런 것이 없기 때문에 그들의 동료가 될 수 없다고 생각합니다. 그 이유는 근본적으로 그들만의 규칙을 이해하지 못하기 때문입니다. 그들도 그 규칙을 명문화하지는 못하지만, 무의식적으로 이해하고 있는 것입니다.

연대가 뭐가 나쁘냐고 묻는 사람도 있을 것입니다.

문득 떠오르는 것이 전쟁 당시의 일입니다. 연대라고 하면, 그때만큼 전국이 하나로 뭉친 적은 없었습니다. 그 강력한 연대를 생각하면, 그 후의 연대는 모두 미지근하게 느껴집니다.

「그때와 지금은 다르다」고 해도, 어딘가 닮아 보입니다.

적응하지 못하기에 생각한다

저는 남들과 수월하게 어울리지 못했기에, 세상에 대해 꼼꼼심을 가져왔습니다. 그리고 이해하지 못했기에, 어떻게든 그 규칙을 명확히 하고 싶었습니다.

재미있는 것은, 제가 이런 생각을 일본에 사는 아시아 출신 사람들에게 설명하면 그들이 금세 이해해 주었다는 점입니다. 그들 또한 일본에서는 아웃사이더이기 때문에, 사회의 일원이 될 수 없었습니다. 그래서 더 쉽게 공감할 수 있었던 것이겠지요.

저는 그들에게 이렇게 설명하곤 했습니다.

「일본에는 '세상'이라는 것이 있습니다. 세상의 회원이 아닌 사람은 회원과 다른 대우를 받습니다. 하지만 이것은 차별 의식의 산물은 아닙니다. 어디까지나 회원제 클럽의 멤버냐 아니냐의 문제입니다.」

이런 감각은 일본인에게는 꽤 널리 공유되어 있지만, 아시아의 다른 나라에는 사회를 그런 식으로 보고 있지 않습니다. 그 때문에 일본 사회에 당황하는 것입니다.

일본인 스스로도 의식적으로 회원제 클럽을 운영하고 있는 것은 아닙니다. 어디까지나 무의식입니다. 그래서 아웃사이더인 저는 어림짐작으로 규칙을 찾아내고 그것을 글로 씁니다.

세상과 잘 타협하지 못했기에, 「세상을 잘 모르겠다」고 남들에게 말하면 「그럼 너는 곤충이나 잡고 있어라. 나머지는 다른 사람들에게 맡겨」라고 말하는 사람도 있겠지요.

실제로 그런 식으로 내버려두면 나는 나대로 살아갈 수 있는 그 상태대로도 좋은 겁니다. 그것이야말로 「자유」라고 할 수 있겠지요.

그런데 현실에서는 그 「자유」가 금세 사라집니다. 전쟁 전이 그 전형인 예입니다. 징병제가 시행되어, 싫어도 군대에 끌려갔습니다.

현대에서도 마찬가지입니다. 정치나 사회문제에 대해 「너는 친○○인지, 반○○인지」 명확한 입장을 요구합니다. 「당신은 그냥 곤충이나 보고 있어도 된다」는 말을 해주지는 않습니다. 이것이 답답한 상황을 만듭니다.

정치 문제화의 폐해

원전 문제에서는 후쿠시마 사고 이전에 왜 더 철저히 안전 대책을 세우지 못했는지에 대한 논의가 이루어집니다. 저는 그 주된 원인은 원전이 정치적 문제가 되어버렸기 때문이라고 생각합니다.

정치적 문제가 되었기 때문에 「찬성인가 반대인가」라는 대립 구조가 확립되었습니다. 건설을 할지 말지 하는 것이 아니라 이미 거기서 가동 중인 발전소의 안전성에 대해 논의할 때, 「찬반」이라는 이분법으로는 제대로 된 논의를 할 수 없습니다. 아무리 「위험하니 없애라」고 반복한들 전력회사가 「네 알겠습니다」하고 쉽게 수긍할 리가 없습니다.

「장기적으로 없앤다」는 것도 물론 선택지였겠지만, 그에 따른 안전성의 문제는 정치와는 무관한 순수한 기술적인 문제인 것입니다.

반대하는 사람도 찬성하는 사람도 있을 수 있습니다. 그러나 누구에게나 중요한 것은 「어떻게 하면 지금보다 더 안전해질 수 있는가」였을 것입니다. 이를 고려할 때 정치적 입장은 관계없습니다. 「쓰나미가 왔을 때 방파제는 이대로 괜찮은가」, 「침수되었을 때 이 전원은 견딜 수 있을까」와 같은 구체적인 문제만 검토하면 되는 것입니다.

사고 당시 가장 어처구니없던 것이 비상 전원이 방수 처리가 되어 있지 않았다는 점이었습니다. 요즘 시대에 휴대폰도 방수 처리가 되어 있는데, 그런 기본적인 조치를 하지 않은 것은 명백한 소홀함입니다.

이러한 문제는 기술적인 문제입니다. 그런데 「위험하다, 그 존재를 절대 인정할 수 없다」는 반대와 「안전하다, 반드시 필요하다」는 찬성이 서로 충돌할 뿐, 실질적인 논의로 발전하지 못합니다.

사고 이후인 지금도 그 구조는 변하지 않은 것처럼 보입니다. 모든 것을 공개적으로 논의하면 좋겠지만, 그렇게는 되지 않습니다. 금세 대립 구조가 형성되지요. 이렇게 되면 결과적으로 공격받는 쪽은 정보를 공개하지 않게 됩니다. 정보를 공개하지 않는 것을 정당화하는 것이 아닙니다. 단지 사람의 심리상 그렇게 되는 것이 자연스러운 일이라는 것입니다.

그리고 정치적 문제가 되고 긴장된 상황에서는 무언가를 발언할 때마다 사람들은 항상 「어느 편이냐」로만 판단하게 됩니다. 중립적인 입장은 허용되지 않게 되는 것입니다.

후쿠시마 제1 원전 사고 직후에는, 과거에 도쿄전력과 일한 적이 있었다는 이유만으로도 비난받을 수도 있는 분위기였습니다. 저 역시 도쿄전력의 요청으로 몇 번 일을 같이한 적이 있습니다. 저를 비난하는 사람에게 「당신도 지금 전기를 잘 쓰고 있지 않냐」는 말로 반박할 수밖에 없습니다.

제 개인적인 문제를 떠나서 걱정스러운 것은 누군가를 비난하는 분위기가 강해지는 것이었습니다. 지금까지 관련되어 온 사람들을 몰아세우면, 그들은 정직하게 발언하지 않게 됩니다. 게다가 앞으로 그 분야에 진출하려는 인재들이 줄어들게 됩니다.

비난을 해서 일시적으로 기분이 좋아지는 사람들도 있겠지만, 결과적으로는 누구에게도 득이 되지 않습니다. 후쿠시마나

도카이촌과 같은 일이 다시 일어날 가능성이 높아질 뿐입니다. 지식이 부족한 사람들이 어쩔 수 없이 그 일에 관여하게 되기 때문입니다.

즉, 앞으로의 문제는 이 분야의 연구자가 점점 사라질 우려가 있다는 것입니다. 지금처럼 원자력발전 관계자를 악인으로 몰아세우는 분위기가 계속되면 젊은 사람들이 원자력 연구에 진출하지 않게 될지도 모릅니다. 아이가 「저는 원자력 연구를 하고 싶다」고 말하면, 요즘 부모들은 못 하게 할 가능성이 높습니다. 하지만 그렇게 된다면 결국 이 분야에 대해 잘 아는 전문가가 누구 하나 남지 않게 되어버리겠죠. 이보다 더 두려운 일은 없습니다. 원전은 가동 중이든 아니든 누군가는 반드시 관리해야 하는 것입니다. 만약 가동을 중단한다고 하더라도 안전을 유지하기 위해서는 인력이 필요합니다.

그런데 남들 앞에 떳떳하지 못하다는 생각이 들면 여간해선 인재가 모이지 않습니다. 그런 의미에서 안타깝지만, 상황은 점차 나쁜 방향으로 가고 있는 듯합니다.

안보 투쟁 무렵

정치적으로 문제화 되면 논의는 이상한 방향으로 흘러간다는 것은 젊은 시절부터 저는 경험을 통해 알고 있었습니다. 학생 시절에 봤던 안보 투쟁(일미 안전보장조약 반대운동)도 그랬습니다.

미국과 일본의 안전보장 문제와 대학의 휴교는 어떤 관련이 없습니다. 그래서 찬성도 반대도 아닌 「그런 문제들은 어찌 되든 상관없다」고 생각하고 있던 저나 친구들은 휴교기간중에 마작을 했습니다. 시위에 참여하고 있던 학생들 입장에서 보면 우리들의 이런 무심한 행동은 말도 안 되어 보였을 수 있었을 겁니다.

그 무렵, 도쿄대학의 학생인 간바 미치코(樺美智子)씨가 경찰과 대치하는 과정에서 사망하는 비극적인 사건이 일어났습니다. 이 사건은 시위를 하던 학생들에게 깊은 분노와 슬픔을 안겼습니다. 하지만 그 당시 저는 「이렇게 목숨을 걸면서까지 반대시위를 해야 하는 것일까?」라는 의문을 가졌습니다.

당시 자치회가 반대파의 입장을 취하고 있었기 때문에 친구들이 함께 시위에 참여하자고 제안했습니다. 그럼 나는 어느 쪽이던 상관없지만 그렇게 진심으로 이야기를 하니 같이 가도 되겠지 하는 생각에 그러겠다고 하면 다른 친구가 일어나 「그럼 곤란하다」고 말립니다. 하여간 여간 귀찮고 복잡한 마음이 드는 게 아닙니다.

결국, 시위 현장에서 나이 많은 어른이 한마디 했습니다.

「이런다고 정말로 국가의 정책이 바뀌겠어?」라고 강한 어투로 말하자 다들 멋적은 표정으로 어영부영 그 자리를 벗어났던 기억이 납니다.

좋은 세상을 만들고 싶다고 진심으로 생각하고 있다면, 우선 사회의 일부가 되어야 합니다. 그렇게 되면 사회에는 다양한 사람이 있고 다양한 생각이 있다는 것도 잘 알게 될 것입니다. 세상이 머리로 생각한대로 간단하게 흘러가지 않는다는 것도 알게 됩니다. 「이건 정말로 까다롭고 복잡한 일」이라는 걸 실감할 수 있겠지요. 많은 사람은 대체로 그 정도 깨달음을 얻고 일생을 마치는 것 같습니다.

그럼에도 불구하고 일생 동안 자신이 할 수 있는 일에 최선을 다 하는 것이 좋습니다. 그리고 실제로 어떻게 해야 우리 각자가 세상이 더 나은 사회가 되는 데 기여할 수 있을지에 대한 이야기는 나중에 다시 하도록 하겠습니다.

사상은 무의식중에 있다

시위로 이의를 제기하고, 직접 민의를 전달한다―이런 행동의 바탕에는 서구식 민주주의를 이상적으로 여기는 사고방식이 있습니다. 「시민의 의견을 반영하라」는 것이죠. 하지만 애초에 서양식 민주주의가 정말 좋은 것인가라는 점은 조금 의문을 가져볼 필요가 있습니다.

영국의 한 진화론을 연구하는 학자가 일본 전국을 돌아다니며 사람들과 소통한 후 이런 소회를 남겼습니다. 「일본인들은 집단주의적이라고 생각했는데 전혀 그렇지 않았다. 이렇게 제각각 자기주장만 하는 사람들일 줄은 몰랐다.」

영국에서는 진화론의 창시자인 다윈을 비판하는 것은 있을 수 없는 일이라는 것은 상식에 가깝습니다. 그런데 일본인에게는 그런 거리낌이 없습니다. 일본인들은 백가쟁명(百家爭鳴 : 각자의 의견을 자유롭게 표현하고 토론하는 상황을 의미), 각양각색의 의견이 난무합니다. 그래서 그 학자는 이런 일본의 상황에 놀랐던 것입니다.

일본인은 직접적으로 일상생활에 관계되지 않는 것에 대해서는 무엇이든 말할 수 있다고 생각합니다. 생물이 어떻게 진화했든 그런 것은 일상생활과 상관이 없으니 어떤 해석을 하고 어떤 논의를 하든 상관없다는 게 보통의 사고방식입니다.

일본에 필요한 사상은 모두 무의식 속에 들어가 있습니다. 회사에서 어떤 새로운 제안이 있었다고 합시다. 그 제안이 거절될 경우, 다음과 같은 말이 나올 것입니다.

「그건 좀 안 좋은 것 같은데」

그것이 왜, 어떤 이유로, 어느 부분이, 어떻게 좋지 않은지 논리적으로 설명되지 않습니다. 아무도 설명하지 않지만, 「좋지 않다」는 것은 「당연한」 것입니다. 그것은 무의식적으로 공유된 감각입니다.

사상이란 일종의 이상이며, 현실에 직접 개입해서는 안 됩니다. 이것이 일본에서 사상의 위치입니다. 현실을 움직이는 것은 무의식 속에 있는 세상의 규칙입니다. 평범한 일본인은 「사상가」라 불리는 이들의 사상을 어딘가 현실과 동떨어진 것으로 받아들이고 있을 것입니다. 이는 본질적으로 당연한 일입니다.

물론 사상 중에는 현실에 적용하는 것이 좋은 것들도 있습니다. 전후 이를 교묘하게 흡수하여 현실화해 온 것이 자민당입니다. 특별히 자민당을 칭찬하려는 게 아니라, 오히려 자민당이 일본 사회의 '세상'을 대표한다는 의미로 해석해야 합니다.

이러한 구조는 일본 사회에서 근본적으로 제거할 수 없는 것입니다. 저는 이전에 『무사상의 발견』(치쿠마 신서(新書))에서 이 점을 결론으로 제시한 바 있습니다.

일본에서는 특정 사상이 지나치게 부각되면 오히려 위험한 결과를 초래할 수 있습니다. 이는 태평양 전쟁으로 이어진 역사적 사실에서 확인할 수 있습니다. 일본 역사에서 사상이 주도적 역할을 하며 성공을 거둔 희귀한 사례는 메이지 유신 정도에 불과합니다.

사회의 암묵적 규칙

일본인의 일상생활은 사회에 존재하는 암묵적 규칙에 의해 움직이고 있습니다. 그렇기 때문에 그만큼 일상생활과 그다지 관련 없는 일에 대해서는 백가쟁명식으로 자유롭게 언쟁해도 상관없는 것이죠.

흔히 유럽에 비해 일본의 거리 풍경에는 통일감이 없다고 말합니다. 개별 건물에는 문제가 없지만, 전체적인 통일감이 부족합니다. 이는 일본에서는 흔한 일이지만, 유럽 등에서는 통하지 않습니다.

이에 반해 일본 가옥의 외관이 제각각인 이유는 적어도 집에 관해서는 일본인들이 주변과 조화를 이루려는 의식이 매우 약하기 때문입니다. 그것은 아마도 사회의 암묵적인 규칙에 의한 구속이 지나치게 강하기 때문에 생겨난 반작용일 것입니다.

사회의 규칙은 철저히 따르지만, 그 대신에 자기가 소유한 땅 안에서는 무엇을 하든지 괜찮을 것이라는 생각입니다. 이것은 앞에서 언급한 「사상의 자유」와 같은 맥락입니다.

일본에서는 토지에 관한 사적 권리가 지나치게 강하다고 합니다. 그 때문에 도로나 공항을 만들려고 해도 어지간해서는 진행이 어렵습니다. 이 또한 같은 이유 때문인 것 같습니다.

이런 점에서 보면, 일본은 예전부터 민주주의 국가였다고도 할 수 있습니다. 야마모토 시치헤이(山本七平)는 국어사전인 『대언해(『大言海』)』에는 「하극상」이란 「데모크라시(democracy)」라고 쓰여 있다고 소개했습니다.

메이지 헌법에서는 어느 부서도 마음대로 할 수 없게 되어 있었습니다. 장관 한 명이 사임하면 총리도 사임해야 했습니다. 이를 틈 타 군대가 제멋대로 행동했지만, 군대조차도 마음대로 할 수 없었습니다. 한 곳에 권력이 집중될 수 없도록 설계되어 있었기 때문에 파시즘이 성립되지 않았던 것입니다. 이에 대해서는 『미완의 파시즘 - 「가진 것 없는 나라」 일본의 운명』(카타야마 모리히데(片山杜秀)저, 신초센쇼(新潮選書))을 읽으면 잘 이해할 수 있습니다.

에도 시대도 마찬가지로, 합의제가 기본이었습니다. 쇼군은 결코 독재자가 아니었습니다. 가장 권력이 강했던 것은 도쿠가와 요시무네(德川吉宗)였을 것입니다. 키슈(紀州)라는 변방에서 막부(幕府)로 와서 과거의 인연이 적었기 때문에 독재가 가능했을

지도 모릅니다. 그래도 서양의 독재자와는 비교가 되지 않습니다.

이런 나라의 민주주의와 왕이 강한 주권을 가지고 통치했던 유럽에서 태어난 민주주의를 같게 볼 수는 없습니다.

일본의 군주는 유럽 중세의 왕과는 다릅니다. 일본에서 독재자라고 하면 오다 노부나가(織田 信長) 정도이지만, 그가 지배할 수 있었던 것은 긴키(近畿) 지방뿐이었고, 결국 살해당했다는 것은 잘 알려진 사실입니다.

사실 일본에서는 줄곧 민중의 힘이 강했습니다. 막부가 무장봉기를 금지한 이유는 그것이 치안을 어지럽힌다거나 나쁜 일이기 전에 「자주 발생하는 일」이었기 때문입니다. 뭔가 마음에 들지 않는 일이 생기면 무장봉기라는 수단을 취할 수 있었고, 적어도 그로 인해 몰살당하는 일은 없었습니다. 그래서 막부는 금지해야 했던 것입니다.

에도의 독특한 인재 등용

야마와키 토요(山脇東洋)가 최초로 해부를 한 것은 1754년이었습니다. 그 시절의 의사가 고위층을 진찰할 때는 직접 몸에 손이 닿는 것이 허용되지 않아 손목에 실을 감고 연결된 실 끝을 손에 쥐고 맥을 짚었습니다. 이 점만을 보면 「신분의 차이가 엄격」했음을 짐작할 수 있을 것입니다.

　그런데 토요의 저서에 보면 「걸(桀)의 내장, 요(堯)의 내장, 오랑캐의 내장이 모두 같다」라고 쓰여 있습니다. 걸, 요는 왕의 이름으로, 걸은 중국 역사상 악명 높은 왕의 전형이고, 요는 성인이라 불릴 정도로 좋은 왕의 전형입니다. 즉, 본심으로는 「인간의 몸은 모두 같을 것」이라고 생각하고 있었던 것입니다. 게다가 그런 그의 생각을 서슴없이 글로 남기고 있습니다.

　어떻게 이런 일이 가능했을까요? 여기에도 일본인의 특성이 드러납니다. 겉으로 내세우는 것과 실제 생활은 동떨어져 있는 것입니다.

　신분제도조차 완전히 고정적인 것은 아니었습니다. 그런에도 시대의 분위기는 『천지명찰』(우부카타 토시(冲方丁))저, , 가도카와 문고(角川文庫))을 읽으면 잘 알 수 있습니다. 에도 시대에 「국가 프로젝트」로 새로운 달력이 만들어졌고, 그 과정을 그린 재미있는 소설입니다. 주인공인 사무라이는 결코 신분이 높은 편이 아닙니다. 그러나 산술에 능한 장점을 가지고 있었습니다. 이 사람이 달력을 새로 만드는 막부의 대규모 프로젝트의 책임자로 발탁되어 대사업을 달성합니다.

　역사 교과서에는 「이 해에 달력이 바뀌었다」라고만 쓰여 있지만, 호시나 마사유키(保科正之), 미토 미쓰쿠니(水戸光圀)등 쟁쟁한 인물들이 관여했습니다.

달력을 만드는 것은 지금으로 말하면 컴퓨터의 새로운 시스템을 만드는 것과 같습니다. 그것에 따라 여러 가지 것들이 바뀝니다. 『천지명찰』에서 주인공의 발탁은 마이크로소프트와 같은 일을 막부가 주도적으로 추진하고, 심지어 유능한 인재를 제대로 등용한, 비유하자면 빌 게이츠를 정부에 스카웃한 것과 같습니다.

에도 막부를 움직이던 사람들은 겉으로 보여지는 신분제도에 얽매여 있을 만큼 어리석지 않았습니다. 그들은 상당히 고도화된 사회를 만들고 있었습니다.

달력이 얼마나 큰 비즈니스로 이어질지도 알고 있었습니다. 그리고 그 비즈니스를 성공시키기 위해 막부는 유연하게 현실적인 조치를 취하고 있는 것입니다. 물론 겉으로는 신분의 상하관계를 이러쿵저러쿵 말하고 있지만, 그것은 그것이고, 이것은 이것입니다.

애초에 그 막부 자체가 상황에 따른 유연한 인재 등용으로 만들어졌습니다. 다누마 오키쓰구(田沼意次), 야나기사와 요시토요(柳沢吉保), 아라이 하쿠세키(新井白石) 등은 본래 그렇게 높은 지위에

오를 수 있는 가문이 아니었는데 스카웃되어 지위를 얻었습니다. 아라이 하쿠세키의 경우, 그의 아버지는 관동의 몰락한 가신이었습니다. 본인이 쓴 『꺾어 쌓은 나뭇가지의 기록(折たく柴の記)』이라는 책을 읽어보면 10대 때에 정상(政商)인 카와무라 즈이켄(河村瑞賢) 가문에서 청혼이 들어온 일화가 소개되어 있습니다. 우리집 미망인과 결혼해 주면, 지참금을 넉넉히 주겠다는 것이었습니다.

억만장자가 갑자기 재야의 유학자에게 제안을 한 것입니다. 무명의 아마추어 야구선수가 거인 군단의 1순위 지명을 받는 것과 같은 일입니다. 어떻게 그런 사람의 눈에 띈 것인지, 인터넷도 없던 시대에 젊고 우수한 인재의 정보가 제대로 전달되는 시스템이 있었습니다. 아마도 가와무라 가문은 일본 전국에 네트워크를 구축하고, 후계자로 삼을 만한 인재를 계속 찾고 있었을 것입니다.

에도는 유용한 인재를 필요로 하던 시대였습니다. 즉, 인간의 가치, 재능의 가치를 높이 샀습니다. 그렇기에 정보망이 발달했던 것 같습니다.

정치를 볼 때 중요한 것은 사람의 능력을 어떻게 활용하고 있는가 하는 점입니다. 에도 시대에는 각 번이 상업 생산에 뛰어들었을 때, 인재를 굉장히 잘 활용했던 시대였을 것입니다. 이 점에서는 지금보다도 훨씬 더 잘 해냈던 것 같습니다.

현대에 와서, 그 당시보다 적재적소에 인재를 등용하고 활용하고 있다고 말할 수 있을까요? 그런 의미에서 지금의 사람들이 인재라는 것에 대해 오히려 진지하지 않은 것 같기도 합니다.

적어도 지금의 일본에 에도 시대보다 뛰어난 네트워크가 있다고는 생각되지 않습니다. 애초에 인간관계가 깊지 않다는 것은 누구나 공감할 수 있는 부분일 것입니다.

괴짜도 또 하나의 가치

인재 등용 외에도, 에도 시대 시스템의 우수함을 느낄 수 있는 점이 있습니다. 예를 들어 사회에서 벗어난 사람들을 위한 「틀」도 제대로 마련되어 있었다는 점입니다.

에도의 간세이(寬政) 연간에는 「간세이의 삼기인(三奇人)」이라 불린 사람들이 있었습니다. 하야시 시헤이(林子平, 경제사상가), 다카야마 히코쿠로(高山彦九郎, 존왕사상가), 가모 군페이(蒲生君平, 유학자)입니다. 예를 들어 다카야마는 막부 시대에 과감하게 열심히 존왕 사상을 설파했습니다. 그는 분명 괴짜였죠.

그런데 이에 대해 막부로부터 문책이 있었느냐 하면, 그런 일은 없었습니다. 단지 「저 사람은 좀 특이하다」, 「저 사람은 별종이다」고 여겼을 뿐입니다. 「기인」이라는 카테고리로 분류해 버린 것이죠.

이런 관용성과 자유가 에도 시대에는 있었습니다. 별난 사람도 별난 사람대로 세상에서 자기 위치는 얻을 수 있었던 것입니다.

다만, 이런 시스템은 쇄국을 전제로 했습니다. 외국이 들어오면 유지될 수 없습니다. 외국에서 약간 특이한 물건이 들어오는 정도라면 문제가 없었습니다. 그러나 사람이 들어오면 골치 아픕니다. 그때까지의 상식을 바꿔야 하기 때문입니다. 바꾸지 않는 선택지도 있었을지 모르지만, 적어도 일본은 그런 길을 선택하지 않았습니다.

그때까지의 시스템, 즉 사회 제도나 법률을 바꾸는 데는 시간이 걸립니다. 외국에 문호를 개방함으로써 한 번에 그것을 바꿀 수 있었지만, 살아있는 인간은 그 변화를 따라갈 수 없습니다. 당연히 문제가 생깁니다. 그래서 일어난 것이 양이 운동(攘夷運動 : 외세에 대한 배척 운동)이었을 것입니다.

지금까지 잘 굴러가던 것이 삐그덕대기 시작했습니다. 그렇다면 「결국 외국인을 들어오지 못하게 하면 잘될 거야」라는 생각으로 흘러갔습니다.

결국 지금도 비슷한 양상으로, TPP 반대론까지 이어지고 있습니다. 이질적인 것이 들어왔을 때, 사회가 어떻게 잘 받아들이고 소화할 수 있을까. 이것이 일본이 근대 이후 100년 넘게 안고 온 문제입니다. 그 때문에 전쟁까지 치렀습니다.

외국을 어떻게 대해야 하는지, 어떻게 받아들여야 하는지, 그 답을 아직 찾지 못하고 있습니다. 『쇼와 육군(昭和陸軍)의 궤적 — 미즈타 테츠잔(水田鉄山)의 구상과 그 분기점』(가와다 미노루(川田稔) 저, 中公新書)라는 책을 읽고 잘 이해할 수 있었던 것은 육군의 통제파라 불린 사람들의 사고방식이었습니다. 그들은 당시 「서구 열강에 대항하려면 북지(北支(중국))의 자원이 필요하다」고 생각했습니다. 그래서 중국에 진출했습니다.

하지만 곰곰이 생각해 보면, 왜 「서구 열강에 대항」해야 했는지, 또한 중국이라는 나라를 도대체 어떻게 인식했는지, 이 두 가지 의문이 생깁니다.

그러나 당시의 통제파는 그런 고민을 하지 않고, 「성가시니 점령해 버리자」는 식이 흘러갔습니다. 중국은 이런 사정을 알고 있었기 때문에, 「이기지 않아도 좋으니, 지지만 않으면 된다」는 전략을 택했습니다. 구태여 자국민을 희생시켜서라도 일본군을 대륙으로 끌어들여 전쟁을 장기화한 것입니다. 그 때문에 전쟁은 길어졌고, 아직도 결말이 나지 않았습니다. 센카쿠 제도(尖閣諸島 : 동중국해에 위치한 섬들) 를 둘러싼 문제만 봐도 알 수 있습니다.

큰 시각에서 보면, 근대 이후 일본 사회는 계속 같은 문제를 해결하지 못하고 있습니다. 즉, 「새로운 타인과 어떻게 어울릴 것인가」라는 관점입니다.

적어도 「기인」이나 「특이한 사람」을 다루는 데는 에도 시대가 더 능숙했습니다. 「무라하치부(村八分 : 사회적 처벌 제도)」도 잘 만들어진 시스템입니다. 아무리 천덕꾸러기라 해도 모든 일에서 배제하지 않고, 생명과 직결된 중요한 사안인 「화재와 장례식만은 예외」로 했으니까요.

왜 일본은 자살이 많은가

일본의 특수성을 보여주는 예로 자살 문제를 들 수 있습니다. 일본은 자살이 너무 많다는 이야기가 아닙니다. 오히려 그 반대입니다.

자살을 연구한 책에 따르면 자살의 요인은 1차, 2차, 3차까지 있다고 적혀 있습니다. 1차 요인은 본인입니다. 생명체에게 자살은 모순된 행동입니다. 본능적으로 어떻게든 살려고 해야 하는데, 굳이 스스로 목숨을 끊는 것이니까요.

다음 요인은 사회적 요인입니다. 왕따도 그중 하나입니다. 왕따를 당해도 죽지 않는 사람이 대부분인 것은 이것이 2차 요인이기 때문입니다.

3차 요인은 의식할 수 없는 사회적 요인입니다. 예를 들어 1인당 GDP와 자살률이 비례한다는 것이 밝혀졌습니다. 1인당 GDP가 높을수록 만큼 자살하는 사람이 늘어난다고 하면 「역설적이지 않나?」라고 생각하실 수 있습니다. GDP가 낮고 경기가 나쁘면 자살이 증가한다는 것이 일반적인 상식처럼 여겨지기 쉽지만, 통계를 보면 실제로는 그렇지 않습니다. 1인당 GDP가 낮은 이집트에서는 자살이 많지 않습니다.

왜 이런 일이 일어날까요? 그 이유로 생각할 수 있는 것은, 전체 GDP가 높아지면 소득격차가 확대되어 상대적 빈곤이 증가한다는 것입니다. 실제로 소득격차가 벌어진 국가에서는 자살률이 높아지는 것 같습니다. 즉, 빈곤은 절대적인 것이 아니라 주변에 부자가 있을 때 더 강하게 느껴진다는 뜻입니다.

하지만 이런 것과 관계없이 자살률이 극히 높은 나라도 있습니다. 그것이 구 동유럽 국가들입니다. 그러나 이것도 철의 장막 너머(서방)와의 격차를 생각하면 이해할 수 있습니다. 이런 주장은 이미 19세기에 프랑스의 사회학자인 뒤르켐(Émile Durkheim, 1858-1917)이 내놓았습니다. 당시 서유럽 국가들은 모두 경제 발전을 이루었지만, 자살도 증가하고 있었습니다.

최근 그 설을 재검증한 『풍요 속의 자살(크리스티앙 보드로(Christian Baudelot), 로제 에스타블레(Roger Establet) 저, 藤原書店)』이라는 책이 나왔습니다. 이 책에서도 역시 1인당 GDP와 자살률은 비례한다는 결론이 나옵니다.

이전에는 「불황으로 힘들어서 자살자가 늘어난다」고 저도 생각했지만, 이 책을 읽고 일반적으로 말하는 「불황 때문에 일본인의 자살이 증가하고 있다」는 생각은 조금 다를 수 있다고 생각하게 되었습니다.

그럼에도 자살은 늘고 있는 것 아니냐고 말할 수도 있습니다. 하지만, 이 책의 주장에 따르면 오히려 지금까지의 일본은 세계적으로 봤을 때 높은 GDP에 비해 자살이 적었다는 견해가 성립합니다. 인구나 높은 GDP를 고려하면 자살자가 더 많아도 이상하지 않았는데, 어딘가에서 제동이 걸려 있었습니다. 그런데 그것이 점점 「세계 기준」에 가까워지고 있다고 보는 것이 더 정확할 것 같습니다.

즉, 생각해 봐야 할 것은 「일본은 자살 대국이니 빈곤 대책을 세워야 한다」는 단순한 문제가 아니라는 점입니다. 오히려 「왜 지금까지 고도성장을 해왔고 부유한 나라였는데도 자살이 적었는가」, 「그것이 왜 최근에 와서 증가하고 있는가?」라는 것입니다.

그 이유는 아직 확실하게 알 수 없습니다. 국제적인 기준에서 벗어난 이상한 나라였던 것은 확실하지만, 그 이유를 모르는 것입니다. 하지만 여기서도 아마도 우리가 의식하지 못하는 사회의 규칙이 관련되어 있지 않을까요?

사회와 왕따

아동 자살의 경우, 경제적 격차 등은 그다지 관련이 없을 수 있습니다. 흔히 왕따로 인한 자살이 문제입니다. 어떻게 해야 왕따 문제를 없앨 수 있느냐는 질문을 NHK 방송 프로그램에서 받은 적이 있습니다.

왕따가 없어질 리가 없다는 것이 저의 결론입니다. 법으로 규제하거나, 교사의 가르침으로도 사라지지 않습니다. 오히려 생각해 봐야 할 것은 왕따를 당했을 때의 대처법입니다.

왕따를 없애는 것보다, 왕따를 당한 아이가 스스로 도망칠 곳을 마련할 수 있게 하는 편이 낫습니다. 세상을 넓히는 것입니다. 학교에 있는 것이 힘들면, 산에 가서 곤충을 잡아도 좋습니다. 그럴 때 자연이라는 도피처가 있는 것과 없는 것은 큰 차이가 있습니다.

군대에서의 왕따가 가혹한 것은, 도망칠 곳이 없기 때문입니다. 힘들다고 뒷산에라도 가면 탈영병이 되어 버립니다. 「적 앞에서 도망을 치면 사형」에 처해집니다.

현재 일본에서는 그 정도까지의 상황은 본래부터 없었으니, 아이들은 그냥 도망치면 됩니다. 물론 「가해자」, 「피해자」가 명백한 범죄 수준의 행위를 했다면 다른 대처가 필요하겠지만, 일반적인 수준이라면 일단 도망치는 것이 좋습니다.

이때의 전제로, 역시 사회는 「자신」보다 먼저라고 생각하는 편이 마음이 편할 것입니다.

「사회가 어떤 사람으로 구성되어 있든 그건 내 책임이 아니니까, 왕따를 당해도 내 탓이 아니다.」

자신에게 잘못이 있다고 생각하면 힘들어집니다. 오히려 사회에 원인이 있다고 생각하는 편이 마음이 편하지 않을까요.

또 하나 생각해 봐야 할 것은 자살하는 아이들 사고방식의 문제입니다. 어딘가에 「내 인생은 나의 것」이라는 생각이 바탕에 있습니다. 내 것이라면 내가 처리하는 것도 자유라는 결론에 이르게 됩니다. 이는 어른들이 무의식적으로 그런 메시지를 전하고 있기 때문입니다. 애초에 많은 어른들이 「내 인생은 나의 것」이라고 마음대로 생각하고 있습니다. 그것이 아이들에게도 전해지는 것입니다.

정말로 아이들의 자살을 줄이고 싶다면, 가능한 한 「왕따가 일어나는 것은 네 탓이 아니다」라는 것과 「네가 죽으면 주변 사람들이 얼마나 슬퍼할까?」라는 것을 암묵적으로 이해시켜 줘야 합니다.

반대로 말하면, 평소에 부모나 주변의 가까운 사람들로부터의 애정을 강하게 느끼고 있다면, 그것만으로도 죽음을 단념하게 하는 힘도 커집니다.

자살이 증가한 것과 사회의 결속이 약해지고, 인간관계가 희박해진 것과는 분명 관계가 있을 것입니다.

제 6 장

유대에는 좋고 나쁨이 있다

유대의 긍정적 면을 보자

저는 인간관계가 분열되고 있다는 것은 꽤 오래전부터 느껴왔습니다. 예를 들어 회사에서 주는 일종의 포상 휴가라는 것이 점차 없어지고 있습니다. 이것도「개인」을 중시한 결과가 아닐까 생각됩니다.

동일본 대지진 이후,「유대」라는 단어가 자주 사용되고 그 중요성이 다시 강조되기 시작했습니다. 한편으로 이러한 풍조에 대해 불편함을 나타내는 사람들도 생겨났습니다.「유대」라는 단어가 왠지 위선적이라고 느껴진다는 반발이었습니다.

저는 그 당시, 이를 계기로 유대의 소중함을 생각하는 것은 충분히 의미 있는 일이라고 여겼습니다. 물론 트집을 잡으려면 얼마든지 할 수 있겠지만, 그런 것들은 크게 신경 쓰지 않으려고 합니다. 불평을 시작하면 끝이 없습니다. 오히려 긍정적인 면을 생각하면 충분하다고 봅니다.

유대 문제는 부모와 자식 관계의 변화에서 가장 뚜렷하게 드러납니다. 부모와 자식의 관계는, 아이가 사회에 나가서 맺게 되는 인간관계의 기본이 되기도 합니다. 그런 유대가 분명히 약해졌습니다.

　예전부터 신경 쓰였던 것은 단카이 세대 사람들이 종종 「노후에는 자식들에게 신세지지 않겠다」고 말하는 것이었습니다. 부모에 대한 효도와 같은 도덕을 배제하면 당연히 그렇게 생각할 수 있습니다. 「나는 부모에게 효도하지 않았으니, 자식도 나에게 효도할 필요가 없다」는 논리입니다.

　하지만 몸이 불편해지면 결국 남에게 신세를 질 수밖에 없습니다. 그래도 괜찮습니다. 세상에는 건강하면서도 남에게 폐를 끼치는 사람도 많으니까요. 남에게 전혀 폐를 끼치지 않고 죽는 것이 가장 이상적이라면, 재해로 죽어서 시신조차 발견되지 않는 것이 이상적이라는 말이 됩니다. 아무리 그렇다고 해도 그건 이상하다고 느낄 것입니다.

　「자식들에게 신세지지 않겠다」는 생각을 가진 사람은 그것을 일종의 미학이라고 여기는 것일지도 모릅니다. 하지만 사회 전체가 그런 사고방식을 갖는 것은 조금 위험한 경향이 있다고 생각됩니다. 그것은 「자식에게 신경 쓰지 않겠다」는 말을 뒤집어 말한 것이기도 하기 때문입니다. 요는 「남의 일은 상관 없다」는 태도입니다. 이는 인간관계에서 사실상 책임을 회피하는 것입니다. 이런 사고방식은 「내 몸은 나의 것」이라는 생각으로 이어지고, 자살조차도 「내 마음대로」해도 된다는 식이 되어 버립니다.

　도시화가 진행되면 밀접한 인간관계를 맺기 어려워집니다. 이것은 이제 막 시작된 일이 아닙니다. 오규 소라이(荻生徂徠)는 이를 「에도 사람들은 여행객」이라고 표현했습니다. 월급이 적다느니 뭐니 하면서 금방 떠나버리고, 뿌리를 내리지 못하는 것입니다.

　대대로 한 곳에서 일하는 것이 전제인 사회라면, 자신뿐만 아니라 후손들의 일도 생각합니다. 하지만 도시화가 진행되면 그런 의식이 옅어집니다. 요즘 흔히 말하는 「노마드」도 그런 부류이겠죠.

　하지만 인간이 어디에서도 소속되지 않고 완전히 자유로울 수는 없습니다. 반드시 어딘가에 소속되어야만 합니다. 인간은 사회적 동물이지, 로빈슨 크루소처럼 혼자 살아갈 수 없습니다.

　젊은 사람들이 그런 것을 꺼리는 마음도 이해합니다. 저 역시 그런 감정이 전혀 없었던 것은 아닙니다.

대학보다도 더 자유로운 환경에서 일하고 싶다고 생각한 적이 있습니다. 교수로부터 「조교가 돼라」는 말을 들었을 때도 처음에는 내키지 않았습니다. 실제로 대학에서 일을 해보니 「과도한 자기희생의 세계」였습니다. 「속았다」는 생각이 들었을 정도였습니다.

개인주의는 일본에 어울리지 않는다

본래 집단이라는 것은 성가신 것입니다. 포상 휴가가 오히려 스트레스가 되는 경우도 많습니다. 사카구치 안고(坂口安吾)는 농촌의 불편함에 대한 글을 쓰기도 했습니다.

그런 감정은 이해할 수 있지만, 집단에 대한 반발로 「개인」을 내세우는 쪽으로만 나아가면, 지금과 같은 사회가 되어버립니다. 「개인」을 내세우기보다는 사회의 「유대」를 해체하는 방향으로 흘러가 버리는 것입니다. 어딘가에서 쉬운 길을 택해버린 측면이 있었습니다. 그런 상태에 대한 반동 또는 반성이, 대지진을 계기로 두드러지게 나타난 것일지도 모릅니다. 그 결과가 최악의 형태로 나타난 것이 과거에는 없었던 유형의 범죄로 나타나고 있습니다.

서구에서는 「개인」을 내세우는 한편, 「유대」를 유지하는 기능을 교회가 가지고 있었다고 볼 수 있습니다. 그런데 일본, 특히 도시에서는 그런 존재가 없으므로 결과적으로 신흥 종교에 빠지는 사람이 늘어났습니다. 그런 종교가 전부 부정적인 것은 아니지만, 그중에 옴진리교 같은 것도 있었습니다. 그런 데서 유대를 찾을 바에야, 예전의 평범한 유대가 다 낫다는 생각이 드는 것이 당연합니다.

일본의 경우, 유대와 공동체의 대체재로 회사가 기능해 왔습니다. 전후 상당 기간 이것이 제대로 그 역할을 해왔습니다. 그런데 여기에도 「개인」이 내세워지기 시작했습니다. 업적주의, 성과주의가 그것입니다.

하지만 그 방향성이 정말 옳은지는 의심스럽습니다. 많은 사람들이 어렴풋이 그렇게 느끼고 있지 않을까요? 성과주의를 극단적으로 추구하다 보면 당연히 일을 잘 못하는 사람은 불필요해집니다. 그러면 그 사람을 내쫓으면 되는 걸까요? 기업의 성과를 단기적으로 본다면 내쫓는 것이 정답일 겁니다. 하지만 그것은 결과적으로 사회에 부담을 떠넘기는 것이 됩니다. 자신들이 가지고 있는 마이너스 요인을 단순히 사회로 전가하는 것뿐입니다.

과거의 촌락처럼 완전히 폐쇄된 세계를 생각해 보면 알 수 있습니다. 누군가를 잘라내거나 내치더라도 마을 안에서 그 사람과 항상 얼굴을 마주쳐야 합니다. 그 불편함과 성가심을 생각하면 그렇게 간단하게 잘라버릴 수 없는 것이 일반적이겠지요.

여차하면 원한 관계로 발전하여 사건을 일으킬 수도 있습니다. 지금의 일본은 과거의 촌락 사회만큼은 아니지만, 역시 절반 정도는 폐쇄된 듯한 사회입니다. 그래서 누군가를 쉽게 해고하면 다른 골치 아픈 일을 불러올 수 있습니다.

미국처럼 사람을 쉽게 해고해도 괜찮다는 식은 일본에서는 통하지 않습니다. 기본적으로 문화가 다르기 때문입니다.

기업이 구성원의 안정과 행복을 추구한다면, 서구식 업적주의, 성과주의로는 무리가 있습니다. 구성원 전원이 유능할 리가 없기 때문입니다. 어느 정도는 능력이 부족한 사람이 반드시 섞여 있습니다. 그 사실을 먼저 인정해야 합니다. 애초에 일의 상당 부분은 능력이 부족한 사람을 보조하는 것입니다.

요즘 「고용의 유동성」과 같은 주제들이 자주 논의되고 있습니다. 「우리 회사에서는 성과를 내지 못하지만, 다른 곳에서는 성과를 낼 수 있는 인재도 있다. 그런 미스매치를 없애려면 유동성을 높이는 편이 좋다」는 식의 논리를 펴는 사람도 있습니다. 하지만 여기에는 약간의 거짓말이 섞여 있습니다. 실제로는 그런 인재는 매우 드뭅니다. 여기서 성과를 내지 못하는 사람은 저기에 가더라도 마찬가지입니다. 정말 미스매치 때문에 잠재력이 묻혀 있는 사람은 극소수에 불과합니다. 게다가 그 정도의 미스매치라면, 상당 부분은 사내 이동만으로도 해결할 수 있을 것입니다.

이렇게 인재의 활용이 어긋한 것은, 사람을 보는 안목을 가진 이가 줄었기 때문입니다. 과거에는 상사가 신문을 읽으며 차를 마시면서 한가롭게 지내도 괜찮았습니다. 그것이 허용된 이유는, 상사에게 사람을 보는 눈이 있다는 것이 전제되어 있었기 때문입니다.

불신은 큰 비용을 초래한다

밀접한 인간관계에는 항상 번거로움이 따르지만, 동시에 큰 이점도 존재합니다. 사람을 신뢰하면 비용이 적게 듭니다. 상대를 신뢰하지 않으면 모든 것을 일일이 확인해야 하므로, 시간과 노력이 더 들어가고, 이는 곧 비용 증가로 이어집니다.

일본에서는 예전에는 구두 약속만으로도 일이 잘 진행되는 경우가 많았습니다. 요즘은 구두 약속을 불안하게 여기고, 반드시 계약서를 작성해야 한다는 분위기가 강해졌습니다. 계약을 전문으로 하는 인력도 필요해지고, 그만큼 추가 비용이 발생합니다.

저자와 출판사 사이에서도 주고받는 문서나 계약서가 늘었습니다. 예전에는 계약서를 주고받지 않는 경우도 드물지 않았습니다.

그랬던 것이 언제부턴가 계약서를 교환하지 않으면 무슨 일이 생겼을 때 큰일 난다고 생각하는 사람이 늘어나, 점점 「구두 약속만으로는 안 된다」는 식이 되었습니다. 당연히 계약을 전문으로 하는 사람도 필요해졌습니다. 이전에는 들지 않던 비용이 들게 되는 것입니다.

하지만 실제로는 예전이나 지금이나 계약서를 교환하지 않아도 지장이 없는 경우가 대부분입니다. 구두 약속 시대에도 보통은 제대로 인세를 지불했습니다. 물론 예전이나 지금이나 지불하지 않는 곳도 있겠지만, 그것은 계약서와 관계없습니다. 그 출판사의 경영 상태나 경영 태도에 문제가 있을 뿐입니다.

그래서 실제로는 계약서 같은 것은 교환하지 않고, 무슨 문제가 생겨서 도저히 해결할 수 없을 때만 변호사가 나서는 정도면 됩니다. 오히려 그편이 일을 더 잘 이해하게 되지 않을까요? 어떤 문제에 대해 「이 부분에서 오해가 있었구나」라고 서로 진지하게 생각하기 때문에 공부가 됩니다. 그리고 다음에는 그런 일이 일어나지 않도록 주의하겠죠. 결국 그렇게 되면 다음 문제를 예방하게 됩니다.

일본인들이 서로 신뢰하던 시대에는 불신에서 생기는 비용이 낮았습니다. 이런 점은 의외로 간과되기 쉽지만, 일본의 성공 요인이 아니었을까 하는 생각도 듭니다.

최근 점점 더 서구식의 계약 사회 사고방식이 「새롭다」, 「옳다」는 풍조가 강해지면서, 일본 고유의 장점이 사라지고 있습니다.

하시모토(橋下) 시장을 신뢰할 수 있는가

누군가에게 돈을 맡길 때, 세세한 용도를 정하는 것보다 한꺼번에 목돈을 주고 「잘 써라」라고 맡기는 것이 가장 효율적입니다.

이런 의미에서 하시모토 도루(橋下徹) 전 오사카 시장과 같은 사람들이 「지역 예산을 일괄적으로 넘겨달라」고 주장하는 것은 논리적으로 옳다고 할 수 있습니다. 그러나 여기서의 문제는 그 전제로서, 돈을 맡길 상대를 신뢰할 수 있느냐 하는 점입니다. 하시모토 씨가 그 정도로 신뢰할 만한 상대인지, 저로서는 잘 모르겠습니다.

「선거로 선출된 사람」이라고 해서 반드시 신뢰할 수 있는 사람인 것은 아닙니다. 에도 시대의 다이칸(代官)이나 메이지 시대의 현령(縣令)도 중앙에서 지방으로 임의로 파견되었지만, 개중에는 유능하고 훌륭한 사람들이 있었습니다. 신뢰할 수 있는 사람이라면 어떤 방식으로 정해져도 상관없을 것입니다.

물론, 터무니없는 사람이 파견되는 경우도 있었을 것입니다. 그것이 시대극에 나오는 악덕 관리입니다. 그런 경우에는 농민 봉기라도 일으켜야 했겠지만...

옛날과는 달리, 현대와 같이 정보가 활발히 유통되는 시대에서는 악덕 관리가 계속해서 자리를 지키는 일은 그리 쉽지 않을 것입니다.

「같은 일본인이니까 적당히 넘어가자」라는 식의 사고방식을 보수적이거나 구시대적이라고 비판하는 풍조가 강해졌습니다. 이러한 모호한 표현이 일본을 퇴보시키고 있다고 분노하는 이들도 있을 것입니다.

그러나 「적당히 넘어가자」라는 사고방식에는 실제로 「불신의 비용」을 낮추는 지혜도 담겨 있었던 것이 아닐까요.

신뢰의 경제학

불신이 큰 비용을 초래한다는 점은, 앞서 언급한 정치 문제와도 연결됩니다. 원전이든, 댐이든, 공항이든 무엇이든 간에 「절대 반대」와 「절대 찬성」이라는 이분법적 대립 구도가 되면 비용이 많이 들고 구체적인 논의가 어려워집니다. 원전 문제와 관련해서는 이러한 대립 구도가 결과적으로 오히려 안전 대책을 지연시키는 결과를 낳았습니다.

카마쿠라(鎌倉)에 집을 살 때, 신뢰가 얼마나 중요한지 절실히 깨달았습니다. 제가 카마쿠라에서 태어나고 자랐기 때문에 주변 사람들을 모두 알고 지냈습니다. 집을 팔 사람도 알고 있었고, 부동산 중개인도 부모님 때부터 알고 지내는 사이였습니다. 관계자 모두가 얼굴을 아는 사이라면 신뢰가 전제되므로, 서로 부당한 행동을 할 수 없습니다. 이렇게 하면 번거로운 일이 줄어들고 비용이 들지 않습니다.

현재 살고 있는 동네에는 집이 14채뿐이고, 모두가 서로를 압니다. 누군가가 집을 팔 때는 당연히 「다른 사람에게 피해를 주지 않을 사람에게 팔아야 한다」고 생각합니다. 예를 들어 밤늦게까지 시끄럽게 하거나, 사람들의 출입이 잦은 사람은 피하자는 식의 배려가 자연스럽게 이루어집니다. 그래서 적당한 선에서 원만하게 정리가 됩니다.

이것이 모두에게 이익이 되는 것은 말할 필요도 없습니다.

「유대」의 중요성을 생각할 때, 감정적인 문제도 있지만 사실 그쪽이 현실적으로 더 쉽고 비용이 적게 든다는 것을 알아두는 것도 좋을 것입니다.

오미(近江) 상인들이 「가게도 좋고, 손님도 좋고, 세상도 좋다」라고 말한 것도 이와 같은 맥락입니다. 관계자 전체와 좋은 관계를 쌓는 것이 결과적으로는 모두에게 이득이라는 뜻입니다.

물론, 얼굴을 아는 사이라도 약간의 속임수나 기만이 있을 수 있습니다. 이를 절대 용납하지 않겠다는 사람이 계약서를 작성하려고 할 것입니다. 그러나 약간의 속임수나 기만으로 받는 피해와 불신의 비용 중 어느 쪽이 더 큰지 생각해 보면, 결국은 신뢰를 기반으로 하는 것이 좋다는 결론이 나옵니다.

제 7 장

정치는 현실을 움직이지 않는다

선거는 「주술」이다

정권 교체가 이루어지면 일본이 더 나아질까? 그런 기대와 논의가 진지하게 오갔던 때도 있었습니다. 민주당 정권이 들어섰을 때도 새로운 정권에 대한 기대의 목소리가 상당히 높았습니다. 하지만 솔직히 저는 별로 기대하지 않았습니다.

물론 일본이라는 나라는 어떤 계기를 만나면 극적으로 변한 적이 있습니다. 메이지 유신도 그랬고, 패전 후에도 그랬습니다. 맥아더 사령부의 의지가 마치 절대적인 힘을 발휘해, 전후 일본은 상상할 수 없을 정도로, 극적으로 변했습니다.

하지만 원래 저는 선거라는 것에 크게 기대를 하지 않는 편입니다. 「종이에 이름을 써서 상자에 넣는 것만으로 정말 무언가가 바뀐다고 진지하게 믿으십니까? 그건 마치 주술(마법)과 다를 바가 없지 않습니까?」라고 늘 말해왔습니다.

선거는 국민의 중요한 의무이자 권리이고, 「주술」이라고 하는 것은 불경스럽다고 생각하는 사람도 있을 것입니다. 하지만 다른 사람의 이름을 종이에 써서 상자에 넣는 것만으로 어떻게 세상이 바뀔 수 있다고 할 수 있을까요?

물론 「주술이니 아무 의미가 없다」는 뜻은 아닙니다. 주술로 사마귀가 떨어진다는 말을 학생 때 들은 적이 있습니다. 의학에서는 플라시보 효과라는 것이 있습니다. 가짜 약을 「위장약」이라고 말하고 환자에게 먹이면 실제로 낫는 경우도 있습니다. 정어리 대가리도 믿기 나름(하찮은 것도 마음으로 믿으면 다 자기에게 도움이 된다는 뜻). 사마귀도 제거할 수 있다고 믿음으로써 효과가 나타난 것이겠죠. 즉, 믿음이 효과를 낳는 경우가 있다는 뜻입니다.

그렇게 생각하면 선거도 전혀 효능이 없다고는 할 수 없습니다. 하지만 한편으로, 그 정도의 효과라고 생각하고 너무 큰 기대는 하지 않는 것이 좋지 않을까요.

세상은 사기판

정치인들은 선거에서 공약이나 매니페스토(Manifesto)를 내세워 싸우고, 그것을 지키지 못하면 거짓말쟁이라고 비난받습니다. 이와 관련해, 예전에 「문예춘추」에서 읽은 글이 생각납니다. 그때도, 지금도 일본은 야스쿠니 신사 문제나 종군위안부 문제 등으로 세계 각국의 비판을 받고 있습니다. 그래서 편집부는 재일 외국인들을 대상으로 「일본의 좋은 점을 말해 달라」고 요청하는 인터뷰를 기획했습니다.

「이제 나쁜 점은 알았으니, 좋은 점을 들려달라」는 취지였습니다. 그때 가장 많이 나온 일본인의 장점은 「시간을 잘 지킨다」, 「말한 대로 실행한다」는 것이었습니다.

이것을 일본인의 장점으로 평가받는 것은 좋은 일이지만, 뒤집어 보면 「시간을 잘 안 지키고」, 「말한 대로 하지 않는」 것이 오히려 세계 기준이라는 뜻이기도 합니다. 그래서 외국인들은 일본에 와서 놀라는 것입니다.

세계의 선진국들은 선거에서 매니페스토를 내걸고, 그것을 지키는 것이 상식처럼 여겨집니다. 하지만 실상은 꼭 그렇지도 않습니다.

일본이 국제화된다는 것은 일본인도 점점 더 「거짓말」을 하게 된다는 뜻일지도 모릅니다. 실제로 국제화가 가장 잘 된 일본인은 「보이스피싱」 사기꾼들일지도 모릅니다. 그런 사기는 외국에서는 예전부터 흔한 일이었으니까요.

해외여행을 갔다가 거스름돈을 제대로 받지 못했다는 류의 이야기는 자주 듣습니다. 예전부터 일본인 관광객들은 속이기 쉬운 대상이었습니다. 지금도 아마 크게 달라지지 않았을 것입니다. 제 아내는 해외여행을 가면 항상 무언가에 화가 나 있습니다.

세계가 그렇게 모두 일본보다 거짓말쟁이라는 표현이 과장이라면, 적어도 「상당히 대충」이라고 인식해 두는 편이 좋습니다.

외국에서 수도 공사 때문에 곤란한 경우가 생겼다는 이야기를 종종 듣습니다. 수도 기술자가 언제 올지도 알 수 없고, 설사 온다고 해도 고칠 수 있을지도 미지수인 엉망진창인 상황도 드물지 않다고 합니다.

일상생활이 그러하니, 자국의 정치인에 대해서도 국민들이 그렇게 엄격하게 보고 있는지는 의문입니다. 꽤나 무책임한 것은 아닐까 생각합니다. 다만, 그래서 오히려 정치인 스스로가 책임감이 강해지는 경우도 있을지 모르겠군요. 모두가 무책임하니 나만큼은 진지하게 해야 한다고 생각하는 사람이 있을 수도 있겠죠.

말은 현실을 움직일 수 없다

다나카 가쿠에이(田中角榮)가 베이징에서 「나는 내가 한 말은 반드시 지키겠다」고 말했다가 사람들의 비웃음을 샀다는 일화가 있습니다. 이는 「말」의 본질적 특성을 이해하지 못했다는 평가를 받은 것입니다.

말은 본질적으로 허구성을 내포하고 있습니다. 현실과 직접적인 연관성이 없는 것이 말의 특징입니다. 말로 움직일 수 있는 것은 오로지 사람의 생각뿐입니다. 결과적으로 사람이 구체적으로 움직였을 때 비로소 현실이 움직입니다.

현실이 엄중해질 때, 말에 지나치게 충실한 이들은 종종 부적절한 행동을 하게 됩니다. 이는 현실보다 말의 영향력에 휘둘리기 때문입니다.

일본이 전쟁에 돌입하던 시기가 그랬습니다. 이대로라면 석유 공급이 중단될 수 있다는 엄연한 현실이 있었음에도 불구하고, 현실보다 말에 끌려가는 이들로 인해 결국 전쟁이 벌어졌습니다.

과거 1차 산업이 주를 이루던 시대에는 말의 중요성이 상대적으로 낮았습니다. 어업이나 모내기와 같은 노동 집약적인 활동을 할 때에 말이 필요 없습니다. 이 시기에는 「불언실행」(不言實行), 즉 말보다는 행동이 중시되었습니다.

젊은 시절 저도 종종 이런 말을 들었습니다.

「그렇게 말만 하지 말고 직접 해보지 그래?」

최근에는 이런 말을 하는 사람이 드뭅니다. 요즘 TV의 시사 토크쇼를 보면, 출연자들이 떠들썩하게 의견을 주고받는 모습을 흔히 볼 수 있습니다. 이러한 상황에서 누군가 「그렇게 말만 하지 말고 직접 해보지 그래?」라고 발언한다면 어떤 결과를 초래할까요? 아마도 그 자리의 분위기가 순식간에 싸해질 뿐입니다.

「한 것처럼」 넘어가는 사회

현재 일본에서 정권 교체가 이루어진다고 하더라도, 우선적으로 가능한 것은 인적 구성의 변화에 불과합니다. 제도 그 자체는 이전과 동일하며, 게다가 전원이 교체되는 것도 아닙니다. 이런 상황에서 얼마나 바뀔 것인지 지켜보았지만, 역시 예상대로 큰 변화는 없었습니다.

민주당의 경우, 기껏해야 몇몇 댐 건설 사업 몇 개를 중단한 정도에 그쳤습니다. 하지만 댐 건설 중단은 민주당 집권 이전부터 여러 지역에서 이미 시행되고 있던 정책으로, 정권 교체의 산물이라고 보기 어렵습니다. 돗토리현이나 나가노현 등 지방 자치단체에서는 이미 오래전부터 현지사가 주도적으로 진작에 중단 방침을 발표했습니다.

댐 건설은 누가 봐도 100년 후에는 어떻게 될지 모르는 일입니다. 오랜 시간 동안 조금씩 모래가 쌓여 결국 넘치게 됩니다. 그런 것을 고려하면 댐은 기본적으로 더 이상 건설하지 않는 편이 좋습니다. 「수해 대책은 어떻게 할 거냐」는 의견이 나올 수 있겠지만, 근본적으로 수해 방지 자체를 최우선으로 고려해야 하는지부터 다시 생각해 볼 필요가 있습니다.

일본의 산은 본래 가파르고 험준합니다. 당연히 흐르는 강도 가파릅니다. 「일본의 강은 전부 폭포다」라고 말한 네덜란드인도 있을 정도입니다. 유럽의 강과 비교하면 이해하기 쉬울 것입니다. 유럽의 강은 어디로 흐르는지도 모를 만큼 완만합니다. 아시아의 메콩강도 상당히 느리게 흐릅니다. 수위가 높아질 때에도 천천히 높아지기 때문에 홍수도 큰비가 내린 한달 뒤쯤에 오기도 합니다.

반면 일본의 강은 급경사라서, 물이 한꺼번에 왈칵 흘러 갑자기 평지에 도달합니다. 그 결과 유속이 급격히 떨어지면서 물이 넓게 퍼지게 됩니다. 그래서 곳곳에 유수지가 생깁니다. 그런 유수지에 만들어진 주택에 사는 것은 극단적으로 말하면 수해를 기다리는 것과 다름없습니다.

「그러니 그 대책으로 댐을 건설하자」는 식의 대응은 안이한 생각입니다. 현실적으로는 수해로부터 피하는 것이 더 빠릅니다. 국가나 지자체가 해야 할 일은 각 지역의 수해 위험도를 정확히 파악하여 공개하는 것입니다. 그럼에도 불구하고 위험을 감수하고 살고 싶다면, 그것은 그들의 자유입니다.

그런 점에서 인상적이었던 것은 예전에 방문한 효고현에 있는 한 시였습니다. 시립 박물관에 가면 시내의 수위가 얼마나 올라가면 어디까지 물이 잠기는지를 보여주는 입체 모형을 전시하고 있었습니다. 이런 것이야말로 행정이 최우선으로 해야 할 일일 것입니다.

그러나 이런 종류의 정보를 지자체는 대체로 공개하기를 꺼립니다. 정보를 숨기는 이유는 부동산이나 건설업체들로부터 항의가 들어오기 때문입니다. 「겨우 분양한 주택이 안 팔리거나, 집값이 떨어진다」는 이유에서입니다.

하지만 어떤 사람은 「몇 년에 한 번 침수 위험이 있어도, 그 대신 저렴한 집을 살 수 있다면 괜찮다」고 생각할 수도 있습니다. 물론「그런 곳은 절대 싫다」는 사람도 있을 것입니다. 어느 쪽을 선택할지는 기본적으로 개인의 자유입니다.

다만, 그런 곳에 살면 지금은 저렴하지만, 장기적으로는 비용이 더 들 수 있다는 점은 알려주어야 합니다. 이러한 정보 공개를 지자체나 관련 업체에 의무화하면 됩니다.

이는 수해에만 국한되지 않습니다. 마찬가지로 일본의 경우 활성 단층이 어디에 있는지도 명확히 밝혀야 합니다.

그로 인해 손해를 보는 사람도 있겠지만, 어쩔 수 없습니다. 사회 전체적인 비용 측면에서 볼 때, 개인의 비용은 감수할 수밖에 없습니다. 극단적으로 말하면, 한 사람을 보호하기 위해 모두가 손해를 볼 수는 없다는 얘기입니다.

예상되는 온갖 종류의 리스크에 대한 대책을 전부 행정이 떠맡는 것은 불가능합니다. 그런데도 지금까지는「우리가 책임지겠다」며 억지로 예산을 책정해 왔습니다.

그 결과, 55년 체제, 자민당 정권하에서 생긴 가장 나쁜 버릇이「한 번 편성된 예산은 반드시 다 써야 한다」는 것이었습니다. 이것이 국토를 망치고 있습니다.

건설업계나 정치인에게 얼마나 많은 돈이 들어가는지는 모르겠지만, 댐 건설 총공사비 전부가 그들의 주머니로 들어갈 리는 없습니다. 그렇다면 작업 비용을 빼고, 이익분 정도만 보상해 주고 없었던 일로 끝내는 방식도 있지 않을까요?

이는 댐에만 국한된 얘기가 아닙니다. 아직도 농약을 공중 살포하는 지역이 있다고 들었습니다. 생태계 보호를 생각하면 있을 수 없는 일입니다. 만약 그 살포가 누군가의 생계와 연결되어 있어 쉽게 중단할 수 없다면, 그들이 얻던 이익만큼 보상하고 살포는 중단하는 것이 옳습니다.

때와 장소에 따라서는 「한 것처럼」 넘어가는 경제도 필요합니다. 이제 그런 식의 경제를 진지하게 고민해야 할 때라고 생각합니다.

「참근교대」의 재해석

지금 일본 정치에서 걱정되는 것은, 어느 정당에도 거시적 구상, 즉 「큰 그림」이 없다는 점입니다. 그들의 발언은 지나치게 세부적입니다. 당사자들은 큰 그림을 그리고 있다고 생각할지 모르지만, 대부분 사소한 이야기에 불과합니다.

그래서 세상이 크게 움직이지 않고, 변화하지 않는다고 느끼게 되는 것입니다.

제가 지속적으로 주장해 온 「참근교대(각 번의 영주들이 1년마다 자신의 영지를 번갈아 거주하도록 의무화한 제도)」는 이러한 큰 그림의 하나입니다. 도시 거주자들에게 1년에 몇 달은 시골에서 살도록 의무화하는 것입니다. 우선 관료들부터 실천하게 한다면 일본은 확실히 달라질 것입니다.

예를 들어, 인구 과소 지역이 변화할 것입니다. 결국 인간 유입 없이는 과소 지역은 살아남을 수 없습니다. 그렇다면 사람을 보내면 됩니다.

후쿠시마 원전 사고가 일어나기 전, 「THE 무쇠 팔! DASH!!!」라는 프로그램에서는 인기 그룹 TOKIO가 자주 DASH 마을(후쿠오카현 나미에마치)에 가서 농사일을 하곤 했습니다. 이것을 본받아, 국민들에게 1년에 한 달은 시골에서 살 것을 의무화합니다. 기업은 강제적으로 직원을 한 달씩 휴가를 보내서 시골에서 지내게 합니다.

불황이라 내수 확대가 필요하다고 하지만, 그렇다고 해서 약간의 돈을 푸는 것만으로는 해결되지 않습니다.

참근교대는 내수 확대 정책으로도 이어집니다. 도시에서 사람들이 오게 되면 주거 공간이 필요해집니다. 신축까지는 아니더라도 오래된 집도 손볼 필요가 있습니다.

그러면 갑자기 지역 업체의 세세한 일거리, 수요가 발생합니다. 시골에 머무르는 동안 사용할 소비재도 필요해집니다. 냉장고나 에어컨도 새로 바꿔야 할지도 모릅니다.

만약 한 달 정도의 휴가로는 밭일까지 할 시간이 없다면, 두 달로 늘려도 됩니다. 1년의 6분의 1이니까 인력의 6분의 1이 부족해집니다. 그 부족한 만큼 인력을 늘리면 됩니다. 그렇게 되면 고용이 증가합니다.

도저히 고용을 늘릴 수 없다면 일의 능률을 6분의 1만큼 높이면 됩니다. 그 정도는 진심으로 하면 충분히 가능합니다.

관료의 사고방식을 바꾼다는 것

일부 사람들은 관료와의 싸움을 통해 메이지 유신과 같은 개혁을 하겠다고 말합니다. 민주당도 그랬고, 지금도 그런 주장을 하는 사람들이 있을 겁니다. 본인들은 큰 구상을 하고 있다고 생각하겠지만, 실제로는 작은 일에 불과합니다. 물론 관료들을 전면 교체하면 어떤 식으로든 큰 변화가 일어날 수도 있겠죠.

하지만 그런 일은 불가능합니다. 설령 실행한다고 해도 모두 아마추어들만 남아 아무 일도 돌아가지 않게 됩니다. 지금보다 나아질 리가 없죠. 큰 변화가 항상 좋은 것은 아닙니다. 결국 할 수 있는 일이라고 해봐야 소규모의 인사이동 정도겠죠.

그렇다면 차라리 관료들에게 휴식을 주는 것이 가장 좋습니다. 구성원을 교체할 수 없다면 구성원의 사고방식을 과감하게 바꾸면 됩니다. 모두의 사고방식이 바뀌면 구성원을 전면 교체한 것과 같은 효과를 얻을 수 있습니다. 이를 위해 「당신들은 2개월 동안 시골로 가서 일해라」라고 하면 됩니다.

지금도 민간 기업에서는 약간의 경험을 쌓게 하는 파견 시스템 같은 것을 운영하고 있지만, 그것으로는 결국 사무실에서 사무실로 옮기는 것에 불과해 의미가 없습니다. 특히 재무성 관료 같은 사람들에게는 과감히 낙도 근무를 시키면 됩니다. 미오섬에서 뱀을 밟지 않도록 조심하며 생활하게 하는 겁니다. 그게 훨씬 낫습니다. 산책보다는 산행을 시키는 게 좋겠죠.

저도 항상 여기저기 다녀보니, 그렇게 하면 반드시 좋은 점이 있다는 걸 알기에 이런 이야기를 반복하는 것입니다. 그러면 반드시 「그렇게 하면 어떻게 되느냐」고 묻는 사람이 나옵니다.

「그렇게 묻기 때문에 안 되는 거예요. 직접 해봐야 아는 거지」라고밖에 말할 수 없습니다. 말로 설명할 수 있는 이야기라면 굳이 낙도에 갈 필요가 없겠죠.

하지만 모두가 실제로는 도시에서만 일하면 이상해진다는 것을 어렴풋이 알고 있을 겁니다. 왜 높은 사람들이 모두 골프를 치러 가고 싶어 할까요? 역시 밖으로 나가고 싶은 겁니다.

「참근교대」와 같은 「틀」을 만드는 것이 정치 본래의 역할이라고 저는 생각합니다.

「이런 혼란이 일어난다」, 「이런 단점이 있다」라며 분명히 이러쿵저러쿵 말이 많겠죠. 하지만 무엇이 이득이고 무엇이 손해일지는 해보지 않으면 알 수 없습니다. 다소 거칠게 말하면, 정치가란 그런 「혼란의 상황」을 만드는 것이 일종의 역할입니다.

분명히 잘될 일들은 대부분 이미 다 하고 있습니다. 그리고 「이렇게 하면 잘될 겁니다」라고 뻔한 일만 계속하면, 반드시 답답함이 생길 수밖에 없습니다. 물론 명백히 나쁜 결과만 예상되는 일은 할 필요가 없습니다. 하지만 본래 좋은 일만 있는 「누워서 떡 먹기」식의 정책 같은 건 없다는 걸 전제로 하는 게 좋을 것입니다.

참근교대 같은 건 비현실적이고, 의미 없다고 생각하는 사람도 있을지 모릅니다. 하지만 황금연휴는 어떤가요? 긴 연휴라고 해서 반드시 모두에게 좋은 것만은 아닙니다. 「휴일 같은 건 필요 없다. 일을 하고 싶다」는 사람에게는 괴로운 일일 것이고, 그 기간에도 쉴 수 없는 직업을 가진 사람의 입장에서는 짜증 나는 일일 수도 있습니다. 그래도 「다 같이 한 번쯤은 천천

히 쉬자」라는 취지로 이야기를 해보니, 그럭저럭 모두가 납득
할 수 있었습니다.

지적 생산이란 과장의 축적이다

일본인은 큰 그림을 그리는 것이 서툽니다. 이는 정치에만
국한된 것이 아닙니다.

우치다 다쓰루(內田樹)씨의 『일본 변경론』(新潮新書)은 매우 자극
적인 일본론이었습니다. 이 책 자체가 저자 스스로 생각한 큰
그림이었기 때문입니다. 우치다 씨는 「일본은 항상 변경(변두리)
에 있었다」라는 거시적 관점을 여기서 제시했습니다.

일본은 항상 좋은 사상이나 철학이 외부에서 들어왔고, 이
를 억지로 어려운 한자어로 바꿔 받아들였습니다. 한문 시대에
는 아예 일본어로 바꾸지도 않고 사서오경을 읽었죠. 오히려 그
런 것을 「좋은 것」이라고 여겨왔습니다.

예전부터 일본 학자들은 대부분 좋은 것은 모두 외부에서
온다고 생각해 왔습니다. 중심은 세계 어딘가에 있고, 일본은
변경에 위치한다는 것입니다. 그래서 같은 나라 사람이 쓴 것은
잘 평가하지 않았습니다.

우치다 씨는 이러한 「거시적 관점(틀)」을 스스로 만들고 제

시했습니다. 이것이 드문 일입니다. 비유하자면 손수 큰 집을 짓는 것과 같습니다. 요즘은 프리팹 같은 논문이 많아서 더욱 귀중했던 것입니다.

일본 사회는 이미 정해진 틀 안에서 세부적인 일을 잘하는 사람을 높이 평가합니다. 큰 틀을 생각하고, 거대한 가설을 세우는 사람을 「허풍쟁이」라며 가볍게 여깁니다.

하지만 지적 생산이란 허풍의 집적입니다. 구약성서나 신약성서를 생각해 보면 알 수 있습니다. 영화로 만들면 그것이 전부 과장임이 분명할 겁니다. 바다가 둘로 갈라졌다느니, 호수 위를 사람이 걸었다느니, 말도 안 되는 이야기죠. 그러나 그렇게 거대한 스케일의 구도를 제시했기에 지금도 통용되고 있다고 볼 수 있습니다.

큰 그림의 좋은 점은 관련 없어 보이는 사건들이 연결된다는 것입니다. 자신이 생각했던 것이 그 한 예로 딱 들어맞는 경우가 있죠.

제시된 구도를 기반으로 읽는 사람이 각자 나름대로 해석할 수 있습니다. 그것이 재미있지만, 이런 점의 좋은 면을 이해하지 못하는 사람이 늘고 있습니다.

큰 뼈대가 제시되면 거기서 생각을 하지 않습니다. 「그건 단순한 가설이나 과장 아닌가요? 근거 데이터는 얼마나 있나요?」라고 따집니다. 이런 사소한 것에 집착해 다른 사람의 의견을 거부하는 태도를 보이는 사람이 굉장히 눈에 띕니다.

이는 「내가 더 잘 알아, 내가 위야」라는 것을 무의식적으로 드러내려는 것입니다. 결과적으로 논의의 본질이 어디론가 사라져 버립니다.

국회의 질의응답이 전혀 재미있지 않은 것도 마찬가지입니다. 정부 측은 자신의 우위를 보이려 하고, 질문하는 쪽은 「사실 나는 더 깊은 정보를 가지고 있다」고 과시하려 듭니다. 서로 자기 자랑만 하는, 아이들 싸움과 다를 바 없습니다.

그래서 정작 중요한 문제는 어디론가 사라져 버립니다. 국정의 중요한 문제는 본래 구체적인 문제이므로, 어떻게 해결할 것인지를 의논해야 합니다. 그런데도 「내가 더 잘났다」는 말만 주고받습니다. 「잘 알고 있어」와 「그러니 나에게 맡겨라」는 주장이 서로 부딪치고 있을 뿐입니다. 「논리적으로 옳으니, 나에게 맡겨라」가 아닌 「내가 더 잘났으니, 나에게 맡겨라」의 싸움이 되어 버립니다.

의학은 과학인가

일본에는 큰 구도, 즉 뼈대를 스스로 생각하는 사람이 매우 적습니다. 뼈대는 외부, 특히 외국에 맡기고, 그 뼈대 안에서 부분적으로 일하는 것을 잘하는 사람이 항상 많습니다.

이는 문과 계열이든 이과 계열이든 마찬가지입니다. 오히려 이과 계열이 더 심하다고 할 수 있습니다. 즉, 과학이라는 틀이 견고하고 대부분 종교화되어 버렸습니다. 교회처럼 말입니다. .

이에 대해 저는 자주 「의식」의 예를 듭니다. 「의식」이 무엇인지, 그것은 과학에서 정의되지 않습니다. 그러나 우리는 항상 「의식」으로 생각합니다. 과학에서 정의되지 않은 이 기능으로 자연과학을 한다니, 이게 어떤 의미일까요? 이런 것을 생각하는 사람은 별로 없습니다.

이미 있는 「과학」이라는 뼈대 안에서 일하면 그만이고, 거기서 벗어난 것에 대해서는 생각하지 말자. 그렇게 단정 짓고 뼈대 자체를 만들려고는 하지 않는 것입니다.

조금 더 일반적인 예를 들어보겠습니다. 일본의 의사 중 90%가 「의사는 자연과학자다」라고 생각하고 있습니다. 설문조사에서 그런 결과가 나왔습니다.

그런데 사실, 의사는 아주 기본적인 것조차 「과학적」으로 설명하지 못합니다. 예를 들어, 외과수술에 사용하는 마취는 왜 효과가 있는지, 답할 수 있는 의사가 없습니다. 마취제 자체는 매우 간단한 화합물입니다. 화학에 대한 기초 지식이 있으면 화학식으로 쓸 수 있습니다. 간단히 말하면 이산화질소입니다.

술도 마찬가지로, 알코올을 과다 섭취하면 의식을 잃는다는 것은 누구나 알고 있습니다. 그런데 「왜 술을 너무 많이 마시면 의식을 잃나요?」라는 질문에 답할 수 있는 의사는 없습니다. 그 원리는 잘 모르는 것입니다.

즉, 마취가 효과가 있다는 것, 술을 너무 많이 마시면 취한다는 것은 「경험치」로만 알고 있는 것뿐입니다. 정확히 「이 성분이 뇌의 이 부분에 이렇게 작용해서 의식을 잃는다」는 식으로 해명되지 않았습니다. 애초에 「의식」이 무엇인지 정의조차 되어 있지 않으니까요.

그래서 논리적으로 말하면, 그런 정체불명의 마취제를 쓰고 의식이 돌아온다는 보장은 지금도 사실 없습니다. 다만 지금까지 해온 예로 말하면, 99.9%의 환자가 의식이 돌아왔다는 정도의 이야기일 뿐, 이론은 모르는 셈입니다.

보통 사람들은 과학이라고 하면 방정식이 있어서, A이기 때문에 B가 되고 C가 되어... 식으로 명확하게 이론이 정리되어 있다고 생각할 것입니다. 실제로 물리학은 그렇습니다. 전기나 자기의 학문은 일반인에게는 굉장히 어려워 보이지만, 논리는 명확합니다. 전자기 현상은 맥스웰 방정식으로 잘 설명됩니다. 하지만 그 방정식을 생각한 「의식」이란 무엇인지에 대해서는 또 알 수 없습니다.

이러한 의식의 예와 「일본의 사회란 무엇인가」를 논의하는 것은 매우 닮아 있습니다. 너무나 자신만만하게, 전제를 의심하지 않고 당당하게 그런 말을 하는 사람에게는 「당신이 일본 사회 전체를 다 보고 있습니까?」라고 묻고 싶어집니다.

그래도 사회라는 것은 인간의 집합이니, 아직은 파악할 수 있는 부분이 있다고도 할 수 있습니다. 그에 비하면 의식이라는 것은 정말 알 수 없는 것입니다. 자신을 생각해 보아도 여러 단계가 있다는 걸 금방 알 수 있습니다. 취해 있을 때, 꿈을 꾸고 있을 때, 완전히 깨어 있을 때, 긴장하고 있을 때 등등...

그래서 모든 것이 불확실하니, 생각하지 말자는 것이 아닙니다. 의사가 「의식이 뭔지 모르면 수술을 안 하겠다」고 하면 큰일입니다. 마취가 듣는 원리를 모르니 안 쓰겠다고 하면 수술을 못 하니까요.

하지만 때로는 전제를 의심하는 것이 중요합니다. 전제를 고민한다는 것은, 스스로 뼈대를 만드는 것과도 연결됩니다.

무작정 움직인다는 것의 의미

정치인에게 「큰 그림」을 말하라고 하면, 「불황으로 당장 눈앞에 굶주리는 사람이 있습니다. 아이를 키우느라 힘든 가정도 있으며, 연말을 넘기지 못할 사람도 있습니다. 지금 그런 이야기를 할 때가 아닙니다」라는 식으로 나옵니다. 최근에는 특히 이런 종류의 의견이 눈에 띕니다.

하지만 그것도 어디까지가 진심일까요. 아이를 키우는 것이 힘들다고 말하는 사람이 있는데, 그런 어려움은 어제오늘의 일이 아닙니다. 저희 집도 힘들었습니다. 아내에게 그 시절의 이야기를 물으면 지금도 원망을 늘어놓습니다.

애초에 교육을 계속해서 더 쉽게 만드는 것이 반드시 좋은 것만은 아닙니다. 무상화를 추진하는 데에도 부정적인 측면이 있기 마련입니다. 이미 아이들이나 부모는 학교에 있어서 「고객화」되어 버린 폐해가 현장에서 들려오고 있습니다.

확실히 불황으로 애를 먹는 기업도 많을 것입니다. 고도성장 시기에는 누군가가 망해도 그만큼 누군가는 이익을 얻었기 때문에, 사회 전체에서 상쇄할 수 있었습니다. 그만큼 여유가 있었다는 것입니다. 이쪽에서 어려워지면 저쪽에서 경기가 좋으니, 저쪽으로 옮겨가면 되었습니다.

그러나 지금은 사회 전체가 고립감에 싸여 있습니다. 그래서 손실을 어딘가로 돌릴 수가 없습니다. 그 점이 답답한 것입니다.

이 문제를 해결하려면, 전체적으로 내수를 확대해야 합니다. 다시 말해 국민의 활동을 늘려야 한다는 뜻입니다.

전후 직후처럼 「중공업의 회복」과 같이 알기 쉬운 목표를 명확히 세울 수 있다면 세부적으로 업종을 지정하여 목표를 설정하는 것도 의미가 있을 것입니다. 하지만 이런 폐쇄적 상황에서는 통하지 않습니다. 애초에 무엇을 해야 할지 아무도 생각해내지 못하기 때문에, 이처럼 막히는 상황이 된 것입니다.

이럴 때는 무작정 움직일 수밖에 없습니다. 가장 효과적인 방법은 국내에서 이동하는 것입니다. 그래서 참근교대가 필요했던 것입니다. 그렇게 하면 내수 확대를 통해 GDP가 올라갈 것입니다.

그렇다면 고속도로 무료화는 올바른 결정이었을까요? 전

혀 그렇지 않습니다. 근본적인 목적도 없이 고속도로를 무료로 하자는 생각 자체가 무책임한 것입니다. 국민의 이동을 촉진시키기 위해서 고속도로를 무료로 하자는 정책적 설계가 있었다면 모를까, 단순히 무료화부터 내세우는 것은 임시방편에 불과한 일입니다.

우선은 먼저 참근교대나 「국민 연간 100ｋｍ 이동 계획」 같은 큰 그림을 제시하고, 그 수단으로 무료화를 내세웠다면 그나마 나았을 것입니다. 버스나 철도도 할인해서 계획을 지원하면 됩니다.

그러나 근본적인 큰 그림이 없습니다. 「가격을 내리면 좋아하겠지」, 「무료라면 좋아하겠지」라는 것은 결국 「돈을 주면 되겠지」하는 것과 다를 바가 없습니다. 교육의 무상화도 마찬가지입니다.

전후 일본에 가장 큰 그림에 가까운 발언을 한 총리는 이케다 하야토(池田勇人)일 것입니다. 「소득 배증 계획(1960년대 10년 안에 국민 소득을 두 배로 늘리는 것을 목표로 한 경제 정책)」을 내세웠을 때, 그 장대함에 모두가 허황되다고 생각했습니다. 그러나 그는 그것을 훌륭히 실현해 냈습니다. 물론 당시 저는 소득이 거의 없었으니, 두 배가 되어도 별 차이는 없었지만요.

이후에 이어진 「일본 열도 개조론」은 언뜻 비슷해 보이지만 다릅니다. 얼핏 보면 큰 그림처럼 보이지만, 그 본질이 다릅니다. 왜냐하면 그것은 목적이 아니라, 단순히 하고 있는 일을 표현한 것에 불과합니다. 무엇을 위해 개조하는 것인지에 대한 큰 그림은 없고, 국토를 다루는 「수단」이 먼저 나왔습니다. 그로 인해 이익을 보는 사람이 있었을 뿐입니다.

정치는 생활과 무관하다

정치로 인해 뭔가 내 삶에 좋은 일이 있었던 적이 있나요? 이 점은 자신의 삶을 되돌아보며 생각해 보는 것이 좋지 않을까요? 저는 정치가 우리의 일상생활과 기본적으로 무관한 영역에서 움직이고 있다는 느낌을 지울 수가 없습니다.

저 자신은 관료제와 얽혀 피해를 본 적은 있어도, 별로 좋은 경험을 한 기억은 거의 없습니다. 유일한 장점이었다면 대학에 근무하는 동안 월급을 제대로 받았다는 것뿐입니다. 그야말로 약속을 지키고 「말한 대로 실행하는」 것이었죠.

정치인 자신이나 언론을 포함해 많은 사람들이 정치에 엄청난 역할이 있다고 과대평가하는 것 같습니다. 실제로는 그다지 혜택을 받지 못하면서도 그렇게 생각하게 되는 것 같습니다.

저는 무정부주의를 주장하려는 것은 아닙니다. 이미 이렇게 고도로 구축된 복잡한 시스템을 제로로 돌리는 것은 이제 와서 불가능합니다. 하지만 한편으로 정치는 생활과 그다지 관련성은 그리 크지 않다고 생각해도 되지 않을까요?

원래 일본은 작은 정부를 실현해 왔습니다. 도쿠가와 가문의 후손인 도쿠가와 이에히로(德川家広)씨에 따르면 에도 시대의 사무라이는 인구의 1%에 불과했다고 합니다. 그래서 작은 정부가 가능했던 것입니다. 사실 사회 전체에서 관리직이 1%라는 것은 아무리 생각해도 적습니다. 그럼에도 자치가 발전했기 때문에 사회가 잘 유지되었다는 이야기입니다.

일본의 경우, 이렇게 해서 어떻게든 되었다는 것은, 사회의 시스템이 제대로 작동하고 있었기 때문이라는 것입니다.

세상이 아무리 무너졌다고 해도, 지금도 기본적으로 세상은 정치와는 별개로 기능하고 있습니다. 정치 시스템은 나중에 들어온 것입니다. 그래서 정치와 생활은 연결되어 있지 않아도 어떻게든 되는 것입니다.

정치 주도라는 말을 들으면 좋은 것처럼 느껴질지 모릅니다. 하지만 그것은 정치의 영역을 점점 넓히려는 시도일 뿐입니다. 정치인들에게는 좋을 수 있을지 몰라도, 우리에게도 좋은 일인지는 별개의 문제입니다.

중국이 센카쿠 열도나 그 외의 지역에서 분쟁을 일으키는 것도 비슷합니다. 중국은 뭔가 분쟁 거리가 없으면 존재 의의가 의문시됩니다. 그래서 그들에게는 분쟁이 있는 편이 그들에게는 더 유리합니다. 그래서 그들은 그런 행동을 하는 것입니다.

무관심도 괜찮다

정치 따위가 아무래도 좋다고 하면 냉소주의(Cynicism)로 비칠 수 있습니다. 하지만 그게 뭐가 나쁜가요?

「정치에 적극적으로 참여해야 한다」는 것을 누가 정한 것일까요?

「나이 지긋한 사람이 곤충이나 잡고 있다」고 말하는 사람이 있습니다. 그러면 저는 「네, 이 나이에 곤충이나 잡고 있습니다」라고밖에 말할 수 없습니다. 상대방의 말 속에는 세상에는 더 훌륭한 일, 마땅히 해야 할 일이 있지 않느냐는 뜻이 내포되어 있겠지요. 하지만 그 사람은 실제로 어떤 일을 하고 있을까요?

냉소주의가 나쁜 것처럼 받아들여지기 쉽지만, 그 자체가 이상한 일입니다.

「그런 것을 해서는 아무것도 생겨나지 않잖아」

146

그렇게 생각하는 사람이 있습니다. 하지만 그렇다고 해서 뭐든 긍정적으로만 하면 되는 걸까요? 그럴 리가 없습니다. 일종의 브레이크로서 냉소주의가 기능합니다.

저는 평소에 자주 토론에 찬물을 끼었고는 합니다. 그것은 꽤 의식적으로 그렇게 하려고 노력하고 있는 것입니다.

「정치에 참여해야 한다」고 말하는 사람들은 모두가 관심을 갖지 않으면 큰일이 날 것이라는 위기감을 가지고 있는 것이겠지요. 하지만 그런 사람이야말로 속을 뒤집어보면 실제로는 「모두」를 신뢰하지 않는 것입니다. 정말 필요할 때는 누구나 관심을 갖게 됩니다. 정치가 문제가 되는 것은 사회에 문제가 있다는 뜻입니다.

지금까지 「국가의 위기」를 외치는 열정적인 사람들을 많이 봐 왔습니다. 「모두」가 지금보다 훨씬 더 열심히 국가와 정치에 관심을 가졌던 시대가 있었는데, 그중 하나가 전쟁 중이었습니다. 「모두」가 「국가의 위기」에 관심을 갖고 일치단결하여 전쟁에 대항했습니다.

전후, 제가 젊었을 때도 지금보다 훨씬 젊은이들이 정치에 관심을 가졌던 시대였습니다. 학생운동이 왕성했던 무렵입니다. 그 결과가 어떠했는지는 5장에 썼던 대로입니다. 가나자와 씨가 안타까운 목숨을 잃었습니다. 좋은 시대였다고는 도저히 말할 수 없습니다.

「정치에 좀 더 관심을 가져야 한다」고 말하는 이들은 그런 시대를 좋았다고 여기고 싶은 것일지도 모르지만, 저는 그렇게는 생각하지 않습니다.

의도적으로 정치에 관한 관심을 포기하라고까지 할 생각은 없습니다. 일상적으로 평범하게 살아가다 보면 필요할 때는 관심을 가질 수밖에 없고, 때로는 직접 관여해야 할 때도 있습니다.

저 또한 정치에 관여하고 싶지는 않았지만, 산림 문제를 생각하다 보니 어쩔 수 없이 관여하지 않을 수 없게 되었습니다. C.W.니콜 씨는 저보다 더 적극적이어서, 직접 숲을 사서 관리를 하고 있습니다. 30년이 걸리는 일입니다. 그렇게 하는 편이 정치보다 훨씬 더 현실을 움직이는 방법이 아닐까요?

표면적인 담론에서는 「이 나라를 근본부터 바꿔야 한다」는 식의 말을 합니다. 거리에서 「이 나라를 근본부터 바꿔야 하지 않겠습니까?」라고 물으면 「그렇고 말고요!」라고 대답하는 사람도 있겠죠. 하지만 속으로는 많은 사람들이 그런 변화를 바라지 않습니다. 이 정도로 시스템이 정비된 나라에서, 별다른 불편 없이 살아갈 수 있다면, 혁명 같은 것을 바랄 리가 없습니다.

일본과 같이 모든 것이 정비된 국가에서는 정치의 역할이 그다지 크지 않습니다. 모든 것이 필연적이기 때문입니다. 「이 것이 나쁘다」는 것에도 어느 정도는 존재 이유가 있는 것입니다.

즉, 근본부터 바꿔야 할 필연성이 별로 없습니다. 그것이 보수의 입장이며, 자민당 적이라는 것입니다. 일본의 많은 정당은 자민당의 파벌과 다름없습니다.

정치적 무관심이 확산되고 있다면, 그것은 단순히 절박함을 느끼지 않는 사람이 많다는 것에 불과합니다.

꽤 오래전 이야기입니다만, 가와사키 시장 선거에서 투표율이 20%대였던 적이 있습니다. 그 당시 저는 「가와사키 시민들은 시장이 별로 필요하지 않다고 생각하는 것 같다」고 썼습니다. 투표하러 가지 않는 사람이 70% 이상이라면 그렇게 생각하는 것이 더 자연스럽지 않을까요? 우려하는 이들도 있겠지만, 있어도 그만 없어도 그만인 시장이 수장이어도 어떻게든 굴러간다는 것은, 그것대로 괜찮은 것이 아닐까요? 가와사키 시장의 능력을 논하는 것이 아닙니다.

리더에 따라 달라지는 것은 아니다

정치로 세상의 대세가 결정되는 것은 바람직하지 않다고 저는 생각합니다. 그렇다면 예를 들어 무엇이 세상을 움직이는 가? 그것을 보여주는 것이 『철로 바다가 되살아난다』(하타케야마 시게아츠(畠山重篤) 저, 文春文庫)입니다.

일본의 근해 곳곳에서 물고기가 잡히지 않게 되었습니다. 오타루 시(小樽市)에서는 예전에 그렇게나 많이 잡히던 청어도 더 이상 잡히지 않게 되었습니다. 그 원인은 남획이 아니라 식물성 플랑크톤이 줄어들었기 때문이라는 가설이 있습니다. 이 가설을 바탕으로, 대책으로 숲을 조성하는 것에서 시작해 바다의 재생을 목표로 한 것이 굴 양식업자인 하타케야마(畠山) 씨였습니다.

결과적으로 그 실험은 성공했고, 바다는 되살아났습니다.

하타케야마 씨는 자신의 일을 진지하게 고민하다가 숲이라는 결론에 도달했습니다. 자신의 일을 성실하게 추구한 결과, 사회를 확실히 변화시킨 것입니다.

「물고기가 더 이상 잡히지 않는다」고 한탄하거나 불평만 하는 사람보다는 「철을 뿌리면 어떻게든 된다」며 행동으로 옮긴 하타케야마 씨가 훨씬 더 건전합니다. 하타케야마 씨가 바다를 어떻게든 하겠다고 결심하고 움직이자, 다른 곳에서 일하던 장남과 차남도 돌아왔다고 합니다. 말 그대로 가업을 이은 것입니다. 하타케야마 씨는 가업을 성실히 수행함으로써 사회를 크게 변화시켰습니다.

그들의 활동으로 인해 게센누마(気仙沼)의 댐 건설도 중단시킬 수 있었습니다. 제대로 된 명확한 근거와 데이터가 있었기 때문에 댐 건설을 막을 수 있었던 것입니다.

「자연 파괴 반대」, 「댐 건설 반대」라는 이념만으로는 현실을 바꿀 수 없습니다. 이 이야기는 「원전 반대」와도 연결됩니다. 원전 폐지는 에너지 정책 전체와 관련된 문제입니다. 원전에 국한되지 않고, 어딘가를 멈추면 어딘가에선 불편함이 생기기 마련입니다. 그런 것을 전부 풀어나가지 않으면 원전 즉시 폐지라는 결론에 도달할 수 없을 것입니다.

원전을 당장 멈춰버리면 당장 그곳에서 일하는 사람들의 월급은 어떻게 할 것인지, 멈춘다고 하더라도 관리가 필요한 원전을 어떻게 다룰 것인지. 그렇게 단순한 문제가 아닙니다. 단순한 반대론자들은 이런 사안들에 대한 고민은 다른 사람들에게 떠넘기자는 심산은 아닌지요. 그렇기 때문에 여러 말을 할 수 있는 것이 아닌가 하는 생각이 듭니다.

하타케야마 씨의 예에서 알 수 있듯이, 정말 사회를 바꾸고 싶다면, 저는 그것을 꼭 정치 운동과 연결해서 생각할 필요는 없다고 생각합니다.

「국가가 당신을 위해 무엇을 해줄 수 있는가가 아니라, 당신이 국가를 위해 무엇을 할 수 있는가.」

이것은 케네디 대통령의 유명한 말입니다.

제가 젊었을 때, 학생운동을 하던 이들도 자신들이 하는 운동이 나라를 바꿔 더 좋은 세상을 만들 수 있다고 생각했겠죠. 하지만 스스로 돈을 벌어본 적도 없으면서 무슨 말을 하는 건가 하는 생각도 듭니다.

「무언가를 더 좋게 만들고 싶다」는 마음 자체를 부정할 생각도, 조롱할 생각도 없습니다. 하지만 그런 마음이 실현될 수 있는 것은 작은 집단에 한한 것 아닐까요?

적어도 국가와 같이 큰 집단이 그리 쉽게 움직일 것이라고는 생각하지 않는 편이 좋습니다.

「강한 리더의 부재」를 한탄하는 사람들도 있습니다. 하지만 강한 리더가 시스템을 완전히 바꿀 수 있는 것도 작은 집단, 기껏해야 기업이나 NPO 수준에서의 이야기입니다.

1억 명이 넘는 국민이 있는 나라에서, 리더에 따라 국가의 방침이 완전히 바뀐다면, 그것이야말로 불안정하고 바람직하지 않은 시스템이라고 할 수밖에 없습니다. 이런 것을 생각해 보면 당연한 일인데도, 좀처럼 납득하지 못하는 사람이 많습니다. 그렇기에 어떤 때는 하토야마(鳩山) 씨(전 내각총리대신)에게 기대를 걸고, 그다음에는 하시모토(橋下) 씨(전 오사카 부지사)에게 기대를 거는 것입니다. 그리고 기대를 받는 쪽도 그런 기분에 젖는 것입니다.

과거에는 그렇게 쉽게 바뀌지 않는다는 것을 알고 있었고, 그편이 더 낫다는 것도 상식이었습니다. 그 변하지 않는 것이 「사회」이며, 일본 민족의 고유한 정신인 「야마토 타마시이(大和魂)」였던 것입니다. 외국에서 무엇이 들어와도 우리는 변하지 않는다. 왜냐하면 「야마토 타마시이」가 있기 때문이다.

「세상은 그렇게 쉽게 바뀌지 않는다.」

이것이 세상의 상식이었습니다.

흔들리며 살아도 괜찮아

성실한 사람일수록 사회 문제를 고민하며 「내가 세상을 바꿔야 한다」고 강하게 생각하게 됩니다. 주변에 의지할 곳이 없으면 더더욱 그런 생각은 강해집니다.

하지만 사실 대부분의 사람은 불안정하게 흔들리며 살아가고 있습니다. 눈앞의 일을 하는 것만으로도 벅찹니다. 다만, 그 벅찬 일들을 해나가는 과정에서, 때로는 세상에 도움이 되고, 세상을 바꾸는 일로 이어지는 경우도 있습니다. 그 정도면 충분하지 않을까요?

그리고 그런 일을 만나는 시기가 반드시 젊을 때일 필요도 없습니다. 어느 정도 나이가 들어서도 괜찮습니다. 대기만성도 좋은 것입니다.

평생 아무런 쓸모가 없는 사람일 수도 있습니다. 중국에서는 이를 「영웅이 때를 만나지 못했다」고 했습니다. 아무리 훌륭하고 재능 있는 사람이라도 시대에 따라서는 충분히 활약하지 못하는 경우도 있습니다. 그래도 괜찮지 않을까요?

어쨌든 「나」보다 먼저 세상이 있었습니다. 나처럼 나이 든 사람도 태어났을 때는 이미 수천만 명이 일본에 살면서 세상을 이루고 있었습니다. 나라는 존재는 거기에 뒤늦게 나타나 끼어든 것뿐입니다. 그 사회를 제 입맛대로 바꾸려 한다는 것은 어딘가 이상하지 않을까요. 그건 무리한 일이라는 생각이 듭니다.

지금의 일본에 두고 「이렇게 형편없는 나라는 없다」고 한탄하는 사람도 있습니다. 그런 사람조차도, 그 「형편없는 나라」

에서 어쨌든 살아가고 있습니다. 저 자신도 세상과 타협하는 것이 영 서툴다고 느끼면서도 어떻게든 사회의 일원으로 받아들여지고 있다는 것에 감사해하고 있습니다. 세상에는 타협할 수 없는 사람은 즉시 수용소로 보내버리는 나라도 있으니까요.

「아니, 그런 극단적인 이야기가 아니라, 예를 들면 소득격차, 저임금, 고독 등으로 답답함을 느끼는 사람도 있다」고 말하는 사람도 있을지 모릅니다. 하지만 누구도 다른 사람에 의해 현 상태를 강제로 강요당하고 있는 것은 아닙니다. 대부분은 자신이 움직이고 있지 않을 뿐입니다.

아무리 살기 힘들다고는 하지만, 전쟁 중일 때보다 지금이 더 살기 힘들 리가 없습니다. 적어도 호박이나 고구마만으로 끼니를 이어가는 상황은 아니니까요. 옛날 사진 속의 저는 난민이 따로 없습니다.

원래 저는 세상의 아웃사이더였기 때문에 세상이 그렇게 살기 쉬운 곳이라고 생각하지 않았습니다. 그래도 젊었을 때에 비하면 지금이 훨씬 살아가기 쉽습니다.

돌이켜보면 그만큼 오랫동안 직장 생활을 했기 때문이겠지요. 꾹 참고 도쿄대학에 계속 근무하면서 거기에서 세상을 배운 것 같습니다.

이 세상에 나중에 들어온 구성원인 이상, 직장 생활은 필요합니다. 그래서 늦어지는 일은 없습니다. 평균적으로 보면 인간은 80세 전후까지 살기 때문에, 40대라도 이제 겨우 절반을 살아온 것입니다.

제 8 장

「자신」 이외의 존재를 의식한다

젬멜바이스의 발견

최근 몇 년간 저는 고대 의학에 깊은 관심을 가지고 연구해 왔습니다. 특히 18세기에서 19세기에 걸친 빈(비엔나) 의학계의 발전상은 주목할 만한 가치가 있다고 생각했습니다.

그 당시 빈 대학 산부인과에 젬멜바이스라는 인물이 있었습니다. 그는 소독법을 발견한 공적으로 의학사에 큰 족적을 남겼습니다.

당시 빈 대학 산부인과는 두 개로 나뉘어 있었습니다. 한 곳은 의과대학생들을 교육하는 제1 산부인과였고, 다른 하나는 조산사들을 교육하는 제2 산부인과였습니다. 젬멜바이스는 제1 산부인과에 소속되어 있었습니다.

그 당시 산부인과에서 가장 큰 문제로 대두된 것은 산욕열이었습니다. 이는 분만을 한 후에 산모에게 고열이 발생하는 치명적인 감염증으로, 당시 의학계의 가장 큰 난제 중 하나였습니다.

해당 시기에는 이 질병으로 인해 약 30%의 산모가 출산 후 사망했다고 합니다. 당시에는 이 병의 원인이 특정한 「악기(惡気 : 재앙을 부르는 기운)」라고 여겨졌습니다. 젬멜바이스는 이 설에 의문을 품었습니다.

제1 산부인과와 제2 산부인과를 비교했을 때, 두 과의 시설에는 차이가 없었는데 제1 산부인과에서 산욕열로 사망하는 환자가 압도적으로 많았기 때문입니다. 만약 「악기」가 원인이었다면 이러한 차이가 나타날 리가 없습니다. 그렇다면 무슨 차이가 있었는지 조사한 결과, 제1 산부인과에서는 의사들이 산욕열의 원인을 밝히기 위해 부검을 한 뒤, 곧바로 임산부의 진찰하고 있었습니다. 반면 제2 산부인과의 조산사들은 해부를 하지 않습니다. 이것이 두 산부인과 간의 차이점이었습니다.

또한 길거리에서 출산한 산모들의 산욕열 발생 비율이 낮다는 사실도 밝혀졌습니다. 이들은 의사의 진찰을 거의 받지 않았기 때문입니다.

어느 날, 젬멜바이스의 동료가 부검 도중 자신의 손가락을 메스로 베는 사고가 있었습니다. 이 동료는 이후 산욕열과 동일한 증상으로 사망하게 됩니다.

당시는 아직 「병원균에 의한 감염」이라는 개념이 알려지지 않은 시대였지만, 젬멜바이스는 이러한 관찰을 통해 산욕열의 실제 원인이 외부의 악한 「기(氣)」가 아니라 인간 자체가 지닌 균 때문일 것이라는 결론에 도달했습니다. 이 발견이 소독법으로 이어졌습니다.

그는 1847년, 의사와 의대생들에게 부검 후 반드시 소독(차아염소산칼슘 용액으로 손을 씻는 짓)을 하는 일을 의무화했습니다. 그 결과 제1산부인과의 산욕열 사망률이 극적으로 감소해 제2산부인과와 거의 같아졌습니다. 이듬해에는 의료기구 소독까지 확대해 산욕열을 거의 근절시켰습니다.

그러나 당시 의학계는 젬멜바이스의 이론을 받아들이지 않았습니다. 의사가 병을 옮긴다는 사실을 인정하지 않았기 때문입니다. 젬멜바이스는 결국 빈을 떠나 고국 헝가리로 돌아가 조산 병동에서 다시 손 씻기와 기구 소독을 철저히 하여 산욕열 사망률을 낮췄습니다. 그는 손 씻기의 중요성을 주장하는 논문과 저서를 남겼지만, 생전에는 끝내 인정받지 못했죠. 그의 업적은 루이 파스퇴르와 리스터에 의해 세균설과 소독법이 확립된 후에야 비로소 재평가되었습니다.

당시 빈 의학계에는 「치료 니힐리즘(Nihilism : 허무주의)」이라는 사상이 있었습니다. 이는 현대의 자연식품을 선호하는 것과 유사한, 자연 치유력에 맡기자는 관점입니다.

「치료는 가능한 한 자연의 치유력에 맡기자. 의사가 불필요하게 개입하면 오히려 자연의 흐름을 방해할 수 있다」는 생각이었습니다.

젬멜바이스의 발견 배경에는 이러한 사상이 있었던 것으로 보입니다. 병원에는 병원균이 가득했습니다. 사실은 지금도 마찬가지입니다. 원내 감염이 자주 문제가 되는 것은 주지의 사실입니다.

치료 니힐리즘이란 쉽게 말해 「병에 대해 가급적 손대지 말자」는 대기적(待機的) 의료의 관점입니다.

반대로 「의사가 적극적으로 치료에 개입하는 것이 환자에게 이롭다」는 입장은 적극적 의료로 분류할 수 있습니다.

「암과는 싸우지 않는다」는 선택은 옳은가

이 이야기는 최근 의사인 곤도 마코토 박사가 제기한 문제와도 관련 있습니다. 곤도 박사는 「암과는 싸우지 말라」는 발언으로 논란을 불러일으켰습니다. 그의 주장을 간단히 정리하면 다음과 같습니다.

「암에는 치료로 고칠 수 있는 것도 있지만, 아무리 해도 소용없는 것도 있습니다. 또한 그대로 두어도 문제없는 것도 있습니다. 전이되지 않거나 자연적으로 사라지는「유사암」은 그대로 두어도 문제가 없습니다. 불필요하거나 그대로 두어도 문제없는 암에 대해 수술을 하거나 항암제를 투여하는 등의 의료 행위를 하는 것은 환자에게 부담만 될 뿐이며, 때로는 오히려 수명을 단축시킬 수도 있습니다.

이것은 전형적인 대기적 의료의 관점입니다. 곤도 박사의 견해가 새로워 보이지만, 사실 빈의 사례처럼 옛날부터 존재해 온 전통적인 사상의 연장선상에 있다고 볼 수 있습니다.

이런 생각이 과연 올바른 것일까요?

현대 일본의 의료는 기본적으로「성과급」체계이기 때문에, 적극적 치료를 하지 않으면 돈을 벌 수 없습니다. 곤도 박사와 같은 관점이 철저히 적용된다면 제약회사도, 의사도 모두 이익을 얻기 어려울 것입니다.

상담료와 초진료가 저렴한 이유는 그 시점에서 의료가 대기적 성격을 띠기 때문입니다. 초진 단계에서는 우선 상황을 지켜보고 치료 방침을 정하는 정도이므로, 대기적 의료일 수밖에 없습니다. 응급 상황이 아니라면 갑자기 수술을 하는 등의 과격한 조치는 불가능합니다. 초진에서「우선 상황을 지켜봅시다」

로 끝나면 의료비가 저렴해집니다.

또한,「질병에 걸리지 않도록 생활 습관을 지도」하는 것도 대기적 의료에 포함됩니다. 이 경우에도 의사나 제약회사의 수익은 그다지 크지 않습니다.

대기적 의료에 대한 관심이 높아지고 공감하는 사람이 늘어나는 것은 실제 사례 등을 보면서 적극적 의료에 대해 회의감을 느낀 경험이 있는 사람들이 늘어났기 때문일 수 있습니다.

인기 아나운서였던 이츠미 마사타카(逸見政孝)씨는 한창 잘나가던 시절 위암에 걸려 대수술을 받았지만, 얼마 지나지 않아 세상을 떠났습니다. 이 사례에서도 수술이 오히려 부담이 되었다고 보는 사람들이 적지 않습니다. 당시에는 수술의 적절성에 대해 많은 논쟁이 있었습니다.

최근에는 가부키 배우인 나카무라 간자부로(中村勘三郎) 씨도 비슷한 사례라고 할 수 있습니다. 식도암 수술 후 단 한 번도 사회 복귀를 하지 못한 채 세상을 떠났습니다. 수술을 한 것이 잘한 것인지 아닌지에 대해 한마디로 말하기 어렵습니다. 하지만 이 사례에서도「수술을 하지 않았다면 아직 살아있었을지도 모른다」고 생각한 사람들이 많았을 것입니다.

오부치(小渕) 총리의 선택

이런 사례들을 보면, 적극적 의료가 반드시 좋은 결과를 가져오는 것은 아니라는 인식이 퍼지는 것도 이해할 만합니다. 하지만 적극적 의료가 전혀 의미가 없는 것은 아닙니다.

오부치 게이조(小渕恵三) 전 총리는 재임 중 뇌경색으로 쓰러진 뒤 대수술을 받았지만 결국 숨을 거두고 말았습니다. 그때도 대기적 의료를 선택할 수 있었고, 단순히 수명만 생각한다면 그편이 좀 더 오래 살았을 가능성도 있습니다. 적극적 수술 없이 일단 생명을 유지하는 것도 가능했을 것입니다.

하지만 다소 위험한 도박일지라도 수술을 단행했습니다. 아마도 한 국가의 총리가 뇌 장애를 가진채 연명하는 것과, 위험은 있지만 완치될 가능성이 있는 수술을 하는 것, 이 두 가지를 저울질하여 후자를 선택한 것으로 보입니다. 이는 충분히 이해할 수 있는 선택입니다. 오부치 씨의 경우, 적극적 의료에도 의미가 있었다고 생각됩니다. 여러 사정을 고려한다면, 그 당시에는 도박을 할 수밖에 없었다는 판단이 합리적이었을 것입니다.

오부치 씨의 사례는 상당히 극단적인 선택에 가까웠기에 일반인에게는 그다지 공감이 되지 않을 수 있습니다. 일반인에게 적극적 의료의 의미가 가장 이해하기 쉬운 경우는 부상과 같은 외상에 대한 치료입니다. 골절이나 출혈과 같은 경우에는 가능한 한 빨리 적절한 조치를 취하는 것이 좋습니다. 이 분야에서 의학의 기여는 상당합니다.

현대인은 누구나가 당연하게 자동차를 타거나 스키를 즐깁니다. 그것이 가능한 이유는 의학 덕분입니다. 약간의 부상을 입어도 치료받을 수 있다고 생각하기 때문에 그런 위험한 활동을 즐길 수 있는 것입니다. 과거의 의학 수준이었다면 골절로 인해 평생 장애를 안고 살아야 하는 일도 드물지 않았습니다. 스키를 탈 때의 각오가 전혀 달랐을 것입니다.

대기적 의료가 정답이 아닐 수도 있다

대기적이냐 적극적이냐, 어느 하나만이 정답인 단순한 문제가 아닙니다. 질병에 따라 다르고, 환자의 처한 상황이나 생각에 따라 달라지기 때문입니다. 결국, 그 당사자의 입장이 되어보지 않고는 알 수 없습니다.

저는 50대에 폐에 그림자가 발견된 적이 있습니다. 결과적으로는 암은 아니었지만, 만약 그것이 폐암이었다면 어떻게 했을까 상상해 본 적이 있습니다. 어쩌면 그냥 방치했을지도 모르지만, 아직 젊었기 때문에 상태에 따라서는 수술을 선택했을 것입니다. 하지만 70세가 넘은 지금이라면 그대로 두었을 것입니다.

　같은 사람이 같은 병에 걸려도, 나이나 처한 상황에 따라 판단이 달라집니다.

　제가 세운 방침은 이렇습니다. 내 몸에 생긴 병에 대해서는 우선 대기적 의료를 고려합니다. 생활습관병을 생각해 보면 이해하기 쉬울 것입니다. 당뇨병에 걸렸을 때, 적극적으로 약을 점점 늘리는 적극적인 의료가 좋은가, 아니면 생활 습관을 개선하고 운동을 늘리는 대기적 의료가 좋은가.

　「암」이라고는 해도 그 종류는 다양합니다. 암 그 자체의 정의도 사실 충분하지 않습니다. 유전자 이상이 원인이라는 정도는 알고 있지만, 어떤 유전자가 어떻게 이상을 일으키는지는 다양한 패턴이 있습니다.

　암은 내 몸 안에서 일어난, 말하자면 신체 내부의 반란입니다. 이에 외부에서 손을 대면 어떻게든 될 거라는 생각은 어쩌면 환상일지도 모릅니다.

　그렇다고 해서 「암에 걸려도 어떤 치료도 받지 않겠다」고 단언하는 것은 너무 위험합니다. 명백히 치료 효과가 있는 암도 있기 때문입니다. 곤도 박사도 이를 인정하고 있습니다. 그 또한 저서에서 모든 암을 방치하라고 쓰고 있지는 않습니다. 책의

제목이나 일부 발언만 보고 「암은 무조건 내버려두면 된다」는 식으로 단순하게 이해하는 것은 삼가야 합니다.

적극적 치료를 하면 암도 퇴치할 수 있다는 것은 어디까지나 현대적 관점이라고 할 수 있습니다. 이는 의식으로 자신의 몸을 어떻게든 통제할 수 있다는 생각입니다. 오랫동안 해부를 해보면 「의식으로 몸의 모든 것을 알 수는 없다」는 것을 잘 알게 됩니다.

의식이란 것은 자신의 몸을 파악하려고 생겨난 것이 아닙니다. 가장 원시적인 의식은 외부 환경에 대응하고 환경에 적응하기 위한 것입니다. 본래 유전자가 환경에 적응하지만, 그 적응은 매우 오랜 시간, 여러 세대에 걸쳐 이루어집니다. 따라서 더 현실적인 환경 적응을 위해 뇌가 필요했고, 그 결과 인간의 의식이 진화했습니다.

그 외에는, 의식은 근본적으로 타인의 행동이나 사고를 이해하기 위해 존재합니다. 자신의 몸을 파악하기 위한 것이 아닙니다.

몸 안의 문제

「암과 싸우지 말라」로 대표되는 대기적 의료는 기본적으로는 옳습니다. 하지만 한편으론 간과된 시각도 존재합니다. 확실히 환자 본인에게는 「아무것도 하지 않는 것」이 최선의 선택일 수 있지만, 배우자나 부모, 형제 등 가족들의 입장에서는 사랑하는 사람이 중병에 걸렸을 때 「아무것도 하지 않고 가만히 지켜보기만」 할 수 있을 수 있을까요? 이는 의외로 심각한 딜레마입니다.

한 완화 의료 전문의는 90세가 넘은 환자의 암 발견 사례를 소개했습니다. 수술을 해야 할지, 내버려둬야 할지 환자에게 의향을 물으니 「아들이 치료법을 열심히 알아본 결과 이곳에 오게 된 것입니다. 헌데 수술을 안 할 수는 없지 않겠나」라고 말했는데요.

제3자의 입장에서는 「90세나 되었는데 수술을 하는 것도 무리」라고 판단할 수 있습니다. 하지만 뭐라도 해주고 싶어 하는 가족의 입장에서는 아주 자연스러운 감정입니다. 「객관적 논리」로 단순히 처단할 수는 없습니다.

만약 일가친척이나 관계자 전체가 「암에 걸려도 아무것도 하지 않는다」는 사상을 강하게 가지고 있다면 문제는 없겠지요. 하지만 그런 경우는 거의 없습니다. 전혀 없다고 해도 좋겠네요.

그렇게 말할 수 있는 이유는 무엇일까요? 해부 경험이 있다면 잘 아실 겁니다. 사후 헌체에 동의한 사람의 해부가 결과적으로 불가능해지는 경우가 전체의 10% 정도 있습니다. 헌체에 관해서는 본인의 의견은 물론이고 가족의 승인도 사전에 얻었는데도 불구하고 지금까지 그다지 관계가 없었던 먼 친족이 나타나 「시체를 훼손할 수 없다」고 반대하는 경우가 있습니다.

암 치료 결정 과정에서도 유사한 양상이 나타납니다. 가족 전체가 「소극적 치료」에 합의했더라도 일부 친인척의 반발로 인해 결국 「최선을 다해달라」는 요구로 귀결되곤 합니다.

임종 직전의 치료는 불필요한가?

20년 전, 당시 후생성의 말기 의료에 관한 검토회에 초청받은 적이 있습니다. 그때 본 데이터를 지금도 생생하게 기억하고 있습니다. 환자가 사망하기까지 6개월간 소요된 의료비를 월별로 나타낸 그래프였습니다. 사망 전 5개월간은 대체로 비슷한 수준을 유지하다가, 마지막 한 달만 2배로 증가했습니다. 임종 직전에 지나치게 적극적인 의료가 시행되고 있다는 것입니다.

후생성의 입장은 「이는 불필요한 의료비」라는 것이었습니다. 의료비를 억제하고자 하는 그들의 입장에서는 당연한 주장일 것입니다. 객관적으로 볼 때, 그 주장은 부당하다고 할 수는 없습니다. 불과 한 달 남짓한 시점에서 어떤 조치를 취한다 해도 결과는 크게 달라지지 않을 것입니다. 효과적인 치료법이 있다면 진작 시도했을 것이기 때문입니다.

하지만 그런 객관적인 논리만으로 단순히 마지막 한 달의 의료비를 삭감하려 하는 것은 상당히 어려운 일입니다. 그 2배로 증가한 부분은 가족의 간절한 소망이 반영된 것이기 때문입니다. 「무의미할지 모르지만, 할 수 있는 모든 것을 해주기를 바란다」는 감정을 갖는 것은 어쩔 수 없는 일이며, 단순한 논리로 쉽게 해결할 수 있는 문제가 아닙니다. 가까운 이의 죽음이야말로 우리들의 현실에 가장 큰 영향을 미치는 죽음이기 때문입니다.

대기적 접근이냐 적극적 접근이냐, 이는 쉽게 결정할 수 있는 문제가 아닙니다. 하지만 메시지는 단순화할수록 강력해집니다. 상황을 한정하면 어느 한쪽으로 단언할 수도 있겠죠.

곤도 박사의 주장은 특정 조건 하에서 가족의 감정을 배제하고 생각하기 때문에 성립하는 면이 있습니다. 효과적인 방법이 없으니 아무것도 하지 않는다는 것은 논리적으로는 옳을 수 있지만, 이는 「환자의 죽음」을 그 사람만의 문제로 「분리해서」 생각하기 때문에 성립하는 것입니다.

「크게 좋은 방법은 없지만, 이것이라도 해볼까요?」

이러한 접근 방식이 적어도 가족에게는 위안이 될 수 있는 측면이 있습니다. 특히 말이 많은 친척들의 시선을 의식해야 하는 경우에는 더욱 그렇겠지요. 어떤 경우에도 대기적 사고방식을 관철한다는 것은 상당한 신념이나 신앙 없이는 어려운 일입니다.

그것은 우리가 직면하고 있는 것이 「2인칭의 죽음」이기 때문입니다.

「나의 죽음」은 존재하지 않는다

이전에 출간한 책에서도 언급했듯이, 죽음에는 세 가지 유형이 있습니다. 1인칭의 죽음, 2인칭의 죽음, 3인칭의 죽음입니다. 1인칭의 죽음은 「나 자신의 죽음」, 2인칭의 죽음은 「가족이나 친구 등 가까운 이의 죽음」, 3인칭의 죽음은 「모르는 타인의 죽음」입니다.

이 중 1인칭의 죽음, 즉 「나의 죽음」은 겉으로는 큰 문제처

럼 보이지만, 실제로는 본인에게 아무런 의미가 없습니다. 왜
냐하면 죽는 순간부터 「나」는 더 이상 존재하지 않기 때문입니
다. 설령 영혼이 되어 하늘에서 지켜본다고 해도, 「나」는 더 이
상 아무것도 할 수가 없습니다. 이 사실은 현실이 이미 증명하
고 있습니다.

3인칭의 죽음, 즉 타인의 죽음 역시 우리에게 본질적인 영
향을 주지 않습니다. 물론 모르는 사람의 죽음이라도 뉴스 등
으로 접하면 마음이 아플 수는 있지만, 실제로는 매 순간 전 세
계에서 수많은 사람이 죽고 있습니다. 그러나 우리는 그 죽음에
일일이 반응하지 않습니다. 대부분의 경우, 우리의 현실에 영향
을 주지 않기 때문에 3인칭의 죽음은 그런 의미를 갖습니다.

그렇다면 우리에게 「죽음」이란, 본질적으로 2인칭의 죽음,
즉 가까운 사람의 죽음입니다. 가족이나 친구 등 소중한 이의
죽음만큼 우리의 현실에 깊은 영향을 미치는 일은 없습니다. 부
모나 자녀의 죽음으로 인해 말 그대로 세상을 바라보는 시각이
완전히 달라지는 일도 결코 드문 일이 아닙니다.

문제는 「1인칭의 죽음은 별로 중요한 문제가 아니다」라는
결론만을 내릴 경우, 오늘날 젊은 세대가 잘못된 방향으로 나아
갈 수 있다는 점입니다. 5장에서도 언급했듯이 안이한 자살 문

제뿐 아니라, 「내가 죽어도 별일 아니다. 사형당하고 싶으니 사람을 많이 죽이겠다」는 식의 극단적 사고로 이어질 수 있습니다.

과거 사람들도 결국 현실적으로는 2인칭의 죽음만이 의미가 있을 뿐, 1인칭의 죽음에는 큰 의미가 없다는 생각을 이해하고 있었을 것입니다. 그럼에도 불구하고 「내가 죽어도 별일 아니다. 세상은 눈 하나 깜짝하지 않는다」며 자포자기하지 않았던 이유는 무엇일까요?

효도의 진정한 의미

과거 도덕 교육에서 중요하게 다뤄졌던 개념 중 하나가 바로 「효도」입니다. 인간이 자신 이외에 처음으로 관계를 맺는 대상은 바로 부모입니다. 이렇다면 부모를 철저히 소중히 여기라는 가르침의 의미는 무엇일까요?

부모 입장에서는 「자식은 부모의 말을 따라야 한다」는 가르침이라고 생각할 수 있지만, 사실 그것은 오해입니다.

효도의 진정한 의미는 자녀에게 「너는 너만의 존재가 아니다」라는 깊은 철학적 가르침을 전달하는 것이었습니다.

특공대(가미카제) 생존자들에게 왜 그런 행동을 했는지 동기를 물어보면, 놀랍게도 한결같은 대답을 합니다. 그들은 부모, 가족, 고향 사람들, 마을과 국가, 즉 공동체를 위해서였다고 말입니다. 이런 사고방식은 전후 일본 사회에서 철저히 부정되었습니다. 그 결과, 「인생은 자기 자신을 위해 존재한다」는 개인주의적 사고가 암묵적으로 전제되었고, 그 연장선상에서 「개성 존중」, 「자기다움」, 「자아실현」과 같은 가치관이 등장하게 되었습니다.

일본의 전통적 관점에서 보면, 「특공대」는 당연한 행위로 여겨졌습니다. 이는 「자신만을 위해 살지 않는다」는 근본적인 철학에 기반을 두고 있었기 때문입니다. 따라서 가족이나 공동체를 위해 목숨을 바치는 것은 자연스러운 감정이었던 것입니다.

메이지 시대 이후, 일본은 이러한 전통적인 사고방식을 바꾸려고 노력했습니다. 앞서 언급했듯이, 일본은 메이지 시대 이후 「자아」 또는 서구적 근대적 자아 개념을 무리하게 도입하려 했기 때문에 가치관의 혼란이 야기되었습니다.

「세상」보다 먼저 「자기」가 있고, 무어보다 그것이 존중되어야 한다는 사고방식으로 발전하였습니다. 이러한 개인주의적 가치관 하에서는 자아의 중요성이 절대적으로 강조됩니다.

이와 같은 패러다임의 변화로 인해, 과거 일본 군국주의 시대의 상징적 존재였던 특공대의 행위가 현대인의 시각에서는 극도로 야만적이고 비인간적인 것으로 인식되는 것은 당연한 일입니다.

후쿠자와 유키치의 착각

저는 여기서 특별히 특공대를 미화하거나 찬양하려는 의도는 없습니다. 단지 「효도」라는 전통적 가치관이 사라져가는 현상의 배경과 그로 인한 사회적 영향에 대해 심도 있게 생각해 보고자 하는 것입니다.

전후 일본에서 「무엇보다도 자기 자신이 중요하다」는 가치관이 사회의 기본 전제로 자리 잡게 된 배경에는 당연히 전쟁에 대한 반성과 같은 시대적 맥락이 있습니다. 그러나 이는 새로운 문제를 야기했습니다.

과거 효도를 가르치던 이들조차도 그 본질적 의미를 깊이 성찰하지 않았다는 점입니다. 그 결과, 효는 어느새 형식적 규칙이나 겉치레로 변질되어, 이를 빌미로 무리한 요구를 하는 사람들이 생겨나기 시작했습니다. 「당연한 것 아니냐?」며 진정한 의미를 생각하지 않은 채, 절대적 규범처럼 강요하게 된 것입니다. 「너는 너 혼자만의 존재가 아니다」라는 본래의 의미를 전달하기보다는, 「무조건 부모를 공경하라. 이유는 묻지 말라」는 식의 강압적인 훈육으로 변질된 것입니다. 이것이 바로 구시대적 교육 방식의 근본적인 문제였습니다.

이 점을 잘 보여주는 사례가 후쿠자와 유키치(福澤諭吉)입니다. 메이지 유신 이후, 유키치는 「부모의 원수」라는 강력한 표현까지 동원하며 에도 시대의 문벌 제도를 신랄하게 비판했습니다. 그는 모든 폐단의 근원은 신분 차별 등 구시대적 낡은 제도에 있다고 본 것입니다.

그러나 실제로 에도 막부는 단순히 문벌 논리만으로 움직인 것은 아닙니다. 앞서 언급했듯이, 현실에 더욱 부합하고 유연성 있는 시스템이 존재했습니다. 무명의 인재를 적절히 발굴하여 등용하는 시스템이 에도 사회의 안정을 도모했던 것입니다. 형식적인 신분제와는 별개로, 상황에 따라 실력주의가 채택되었습니다.

그렇다면 왜 유키치는 문벌제도를 「부모의 원수」라고까지 혐오했을까요? 그의 고향인 나카츠 번(지금의 오이타현 나카츠시)과 같은 지방에서는 형식적인 규칙만이 중시되었을 가능성이 높습니다. 쉽게 말해, 「나는 명문가에서 태어났으니 대단한 사람이다」라고 진심으로 믿는 이들이 많았고, 실제 능력과는 무관하게 영향력을 행사했습니다.

따라서 재능은 있었으나 신분이 낮았던 유키치에게 문벌제도는 「증오의 대상」이었던 것입니다.

다시 이야기를 「자신」의 문제로 돌아가 봅시다. 메이지 시대 이후 유입된 서구의 근대적 자아 개념은 전통적인 일본의 사고방식과는 양립하기 어려웠기에, 필연적으로 일본 사회에 갈등을 초래했습니다. 그러한 상황을 예리하게 통찰한 인물이 바로 나츠메 소세키(夏目 漱石)입니다.

그는 런던 유학을 통해 서구의 문화와 사상을 배우며, 개인주의란 것에 대해 깊이 생각했습니다. 그의 이러한 사상적 탐구의 결과물 중 하나가 「나의 개인주의」라는 강연으로 남아 있습니다.

그러나 서구 사상을 깊이 연구한 그의 말년의 사상은 역설적이게도 「칙천거사(則天去私)」였습니다. 이는 하늘의 이치에 따라 사사로움을 버린다는 의미로, 궁극적으로는 「나라는 존재는 없다」는 불교적인 깨달음에 도달했던 것입니다. 일본의 전통적인 문화를 기반으로 사상을 발전시키다 보면, 필연적으로 이와 같은 철학적 결론에 도달할 수밖에 없었던 것으로 보입니다. 이는 일본 문화에 깊이 뿌리박힌 불교적 세계관이 근대적 사고와 조우하며 만들어낸 독특한 사상적 결과물이라고 할 수 있습니다.

일반적으로 우리가 말하는 「나」 또는 「자아」는 불교에서 「소아(小我)」, 즉 작은 자아로 표현됩니다. 역사적으로 동양과 서양의 사상은 서로 다른 방향으로 발전해 왔습니다. 서양 철학은 개인의 자아를 확립하고 강화하는 방향으로 진화한 반면, 동양 철학은 자아를 소멸시키거나 초월하는 방향으로 발전해 왔습니다.

「자아」는 필요하지 않다

저 자신도 나이가 들수록 점점 「나」라는 존재를 지우는 방향으로 기울고 있음을 강하게 느낍니다. 「나는 필요 없다」는 심정입니다.

노벨상 역시 극히 서구적인 가치관의 산물입니다. 한 개인의 업적을 「개인」의 성과로 간주해 표창하는데, 실제로는 그 성과 뒤에는 개인을 넘어선 수많은 이들의 노력이 더해집니다. 더 근본적으로는, 그 성과를 이해해 주는 이가 없다면, 그 업적 자체가 존재할 수 없습니다. 그럼에도 불구하고, 모든 공을 개인의 힘으로 귀속시키려 합니다. 이는 19세기 이후의 서구 과학의 전형적인 사고방식입니다.

어떤 성과를 「내 실력 덕분」이라고 주장하는 사람은 틀림없이 근대 이후의 사고에 젖어있는 사람이라고 할 수 있습니다. 위대한 발명이나 발견을 한 사람 중에는 「내 덕분이니 더 많은 돈을 달라」고 목소리 높이는 이들도 있습니다. 그런 이들에게는 「조금은 타협하는 자세도 필요하지 않겠냐?」고 말하고 싶어집니다. 물론 아무런 보상이나 포상이 없다면 불만을 표할 수도 있겠지만, 그런 경우는 극히 드뭅니다.

그리고 이렇게 자기주장이 강한 사람에 대해 「이질감」을 느끼는 일본인들이 아직도 꽤 많은 것 같습니다. 이는 우리의 근본에는 「나를 지운다」는 사고가 깊이 자리 잡고 있기 때문입니다. 이러한 일본적인 사고에 대해 비판적인 사람도 있겠지요.

「그렇기 때문에 일본은 미국이나 중국과 대등하게 맞설 수 없는 것이다. 그들의 '개인'의 힘에 맞서려면, 일본인도 '개인'을 더 강렬하게 주장할 수 있어야 한다」는 논리입니다.

실제로 이런 관점에서 보면, 일본의 「약점」일 수도 있습니다. 일본이라기보다도 불교적인 사고가 지닌 「약점」이라고 표현하는 편이 더 정확할 것 같습니다. 지금도 불교가 남아있는 곳을 보면, 일본 외에도 중국, 인도를 제외한 그 주변국들(몽골, 티베트, 태국, 스리랑카, 부탄, 말레이시아, 라오스, 캄보디아, 베트남 등)에는 아직 사원이 남아 있습니다. 이런 국가들은 일본과 마찬가지로 미국이나 중국과 같은 「강함」은 없습니다.

하지만 이런 국가들에는 다른 공통점이 있습니다. 바로 자연이 남아 있다는 것입니다.

일본은 선진국 중에서 예외적으로 자연이 많이 남아 있는 나라입니다. 국토의 67%가 삼림입니다. 일본의 자연이 사라졌다고 한탄하는 이들도 있지만, 예전에 비하면 확실히 줄어들었을지라도 이 정도로 산림이 남아 있는 선진국은 없습니다. 예외적으로 스웨덴에는 삼림이 꽤 많이 남아 있긴 하지만, 그곳은 벌목하면 얼어 있는 땅이 녹아버리는 문제 등 별도의 사정이 있습니다.

어쨌든, 이렇게 자연이 남아 있다는 것 하나만 보더라도, 일본적인 사고방식이 반드시 나쁘다고만은 할 수 없을 것 같습니다.

의식 밖을 의식하라

「나를 지운다」고 해서 「1억 총 옥쇄」나 「특공」을 추천하려는 의도는 전혀 없습니다.

의식은 하나로 모으기 쉽기 때문에, 모두가 이상한 방향으로 일치하여 폭주하는 경우도 있습니다. 그것이 일본에서는 1억 총 옥쇄, 독일에서는 나치즘, 미국에선 매카시즘(반공주의) 등이 그 예입니다. 이것은 반드시 경계해야 할 점입니다.

이런 현상을 막을 수 있는 유일한 방법은 자신의 의식을 의심하는 것입니다. 결코 지금의 내 생각이나 의식이 절대적인 것이 아님을 항상 자각해야 합니다.

본래 전쟁 이전의 일본인들은 자연과 더 가까웠습니다. 논과 밭도 가까이 있었죠. 그럼에도 불구하고 이런 파국에 이른 것은 어딘가에 약점이 있었기 때문일 것입니다. 「1억 총 옥쇄」 같은 주장은 반드시 어떤 이데올로기를 기반으로 하며, 그 이데올로기는 물론 의식의 산물입니다.

말로 논리를 맞춘다고 해서 반드시 현실과 일치하는 것은 아닙니다. 어디까지나 말에 불과합니다.

이데올로기나 말보다는 그 자리에 자라고 있는 풀과 나무가 훨씬 더 확실한 것이겠지요. 제가 반복해서 「자연을 접하라」고 강조하는 것도 그 때문입니다.

「자신의 의식으로는 감당할 수 없는 것이 이 세상에는 무수히 많다」는 사실을 몸소 체험해야 합니다.

항상 「의식 밖」의 것을 의식해야 합니다.

이런 말이 다소 모순적으로 들릴 수 있지만, 다시 말해 「의식이 얼마나 신뢰할 만한가」라는 의문을 늘 품고 있어야 한다는 뜻입니다. 실제로 의식은 그다지 신뢰할 만한 것이 아니라는 점은 이미 이야기한 바와 같습니다.

제 9 장

넘쳐나는 정보에 휘둘리지 않기 위해

순수함의 위험성

현재 젊은 세대는 상당한 시간을 컴퓨터나 휴대폰에 소비하고 있습니다. 앞으로도 이러한 경향이 강화될 수는 있어도, 역전되지는 않을 것입니다.

이에 대해 좋다 나쁘다 판단하려는 의도는 없습니다. 「젊은 이들은 인터넷만 하고, 사람들과 교류하지 않고, 신문도 책도 읽지 않는다」고 한탄을 해봐야 별 의미가 없습니다. 왜냐하면 이러한 경향이 강해지는 흐름은 아마도 바뀌지 않을 것이기 때문입니다.

컴퓨터나 휴대폰 뿐만 아니라, 사람들은 편리한 것, 흥미롭다고 생각하는 것에 점차 익숙해집니다. 일본의 애니메이션이나 게임이 아프리카 오지까지 침투한 것처럼, 이러한 흐름은 되돌릴 수 없는 것입니다. 일단 그 존재를 알게 되면, 더 이상 이전으로 돌아갈 수 없기 때문입니다.

다만 고려해야 할 점은 이로 인해 사람들이 어떻게 변화할 것인가 하는 것입니다.

쉽게 예상할 수 있는 것은 사람들과 직접 대면하는 것을 어려워하는 이들이 늘어날 것이라는 점입니다. 이는 이미 자주 지적되고 있는 문제입니다. 화면을 마주하는 시간이 늘어나면 필연적으로 다른 시간은 줄어듭니다. 줄어드는 시간 중에는 사람들과 직접 접촉하는 시간도 포함됩니다. 페이스북이나 트위터를 활용함으로써 오히려 이전보다 사람들을 더 자주 만나게 되었다는 이들도 있겠지만, 대체적으로는 줄어들 것입니다.

「대부분의 용건은 이메일 등으로 해결할 수 있기 때문에, 굳이 일일이 만날 필요는 없지 않을까요?」라고 말하는 사람들도 있을 것입니다. 하지만 사람들을 직접 만나는 것과 인터넷을 통해 교류하는 것을 똑같이 볼 수는 없습니다.

사람을 직접 만나서 교류하면 상대방에 대한 고정된 이미지를 갖기 어려워집니다. 「이 사람은 이런 사람이다」라고 단정 지어도, 때때로 그 고정관념은 깨지게 됩니다. 아주 간단한 예로, 사진으로 봤을 때 「엄청난 미인」이라고 생각했는데 실제로 만나보니 그다지 미인은 아니었던 경우가 있을 수 있습니다. 잠에서 막 깬 모습을 보고 환멸을 느끼는 것은, 상대방에 대한

「화장한 얼굴」만을 이미지화했을 때 일어나는 현상입니다. 하지만 실제로는 화장을 하지 않은 상태로 있는 것은 당연한 이치입니다.

인터넷을 통해 사람을 사귀게 되면 아무래도 「노이즈」가 사라지게 됩니다. 보다 순수 지향적으로 변해간다고 말할 수 있죠. 휴대폰이나 인터넷을 통한 소통이 주가 된 사람들은 실제 만남을 통한 교류를 「순수하지 않다」고 느끼게 될지 모릅니다. 본래 젊은이들은 순수성을 추구하는 경향이 있기 때문에, 이러한 경향이 더 강해질 것입니다.

여기서 말하는 「순수」가 반드시 긍정적인 의미로 사용된 것은 아닙니다.

배타적 시위의 순수성

최근 도쿄의 신오쿠보 근처에서는 「배타적 시위」가 빈번하게 벌어지고 있습니다. 중국인이나 한국인에 대해 악감정을 가진 사람들이 꽤 격렬한 시위를 벌이며, 「너희들은 일본을 떠나라, 죽어라」라고 외치며 재일 한국인이 많은 지역을 행진하고 있는 것입니다.

이러한 현상도 인터넷의 특성과 관련이 있는 것 같습니다.

인터넷상에는 「중국인이나 한국인은 형편없는 놈들이다. 왜냐하면…」이라는 식의 정보가 넘쳐납니다. 이런 정보만을 주로 게재하는 사이트들이 있습니다. 거기에는 「중국인이나 한국인은 형편없는 놈들이다」라는 정보가 「순수하게」 선별되어 게시되고 있습니다. 이에 빠져들면 당연히 「그들은 형편없는 자들」이라는 생각이 들게 됩니다.

하지만 실제로 중국인이나 한국인을 만나보면 「형편없다」는 정보 이외에도 많은 정보를 얻게 됩니다. 그것은 「형편없다」고 생각하는 측에서 보면 일종의 「노이즈」입니다.

당연한 일이겠지만 만나보면 상상한 대로 별로인 사람도 상당수 존재하겠죠. 하지만 반면 좋은 사람도 있고, 아름다운 사람도 있을 것입니다. 이는 당연한 이치입니다. 일본인도 마찬가지니까요.

그러나 직접적인 교류가 줄어들면 어쩔 수 없이 순수한 방향으로 쏠리게 됩니다. 이러한 예시를 드는 것이 꼭 배타적 시위를 하는 사람들만을 비난하려는 것은 아닙니다. 중국과 한국 측에서도 그들에게 유리한 정보만을 「순수하게」 선택해서 「일본인은 형편없다」고 주장합니다. 그들은 그들 나름대로 마음대로 노이즈를 배제하고 극단적인 사고와 행동으로 치닫고 있는 것입니다.

「보이스피싱」에 속는 사람이 많은 것도 같은 맥락입니다. 전화로 대화를 주고받는 것은 기본적으로 음성만 존재하고, 그 외의 노이즈가 들어오지 않기 때문입니다.

「돈을 송금해 달라」는 정보를 상대방에게 전달할 때, 순수하게 정보만 교환하려면 음성이나 문자로 충분합니다. 얼굴을 보여줄 필요가 없습니다. 하지만 그래서 속이기도 쉽고, 속기도 쉬운 것입니다.

풍경이나 반려동물까지 인터넷으로 즐기는 사람들이 늘어나고 있습니다. 반려동물의 귀여운 모습을 촬영한 동영상은 인터넷상에서 인기가 높습니다. 반려동물의 귀여움을 최대한 「순수하게」 집약한 것이기 때문에 인기를 얻는 것도 이해할 수 있습니다.

하지만 실제로 반려동물을 키우면 귀여움만 만끽할 수 있는 것은 아닙니다. 그런 사실은 키워보면 금세 알 수 있습니다. 배변 처리도 해야 하고, 병이라도 걸리면 병원에 데리고 가야합니다. 그리고 죽으면 그 뒷수습도 해야 합니다.

정보 과잉의 문제

현대 사회는 「정보 과잉」의 시대라고 일컬어집니다. 정보 과잉이란 다른 말로 표현하면, 체득되지 않은 정보만이 끊임없이 증가하는 현상을 의미합니다. 단순히 알고 있다고 해서 그것이 실질적인 효용으로 이어지지 않는 것입니다.

우리가 접근할 수 있는 정보의 양이 증가한다고 해서, 그에 비례하여 우리의 지혜가 증진된다는 단순 논리는 더 이상 적용되지 않습니다. 오히려 이는 현대인이 직면한 복잡한 딜레마를 시사하고 있습니다.

인터넷을 통해 거의 모든 정보를 즉시 얻을 수 있다고 생각하는 이들이 있습니다. 그러나 바로 이 「즉각적인 정보 획득」이야말로 인터넷의 본질적인 문제점입니다.

어떤 의문이 생기면 검색창에 입력하고 「검색」버튼을 클릭하는 것만으로 상당한 확률로 「답변」을 얻을 수 있습니다. 그렇다면 이것의 문제점은 무엇일까요? 이는 수학을 배우는 것과 유사한 맥락에서 이해할 수 있습니다.

수학은 본질적으로 「암기」해서는 안 되는 학문입니다. 역사와 같은 분야는 이미 확립된 사실을 기억해야 논의를 진행할 수 있지만, 일반인이 매번 역사적 사실을 직접 발굴할 필요는 없습니다. 반면 수학은 상황이 다릅니다. 문제 해결 방법이나 답을 상세히 배우면 오히려 이해도가 떨어질 수 있습니다. 응용 문제를 풀 수 있는 능력이 저하되기 때문입니다.

물론 아무리 그래도 기본적인 의미와 원리는 가르치지 않을 수 없는 측면이 있습니다. 실제 교육 현장에서는 공식을 가르치는 것이 불가피할 수 있습니다. 모든 학생에게 이차방정식의 공식을 스스로 발견하게 하는 것은 상당히 어려운 일입니다.

그러나 공식을 단순히 암기하는 것은 의미가 없습니다. 학생들은 공식을 배운 후에 그것이 왜 성립하는지를 처음부터 스스로 다시 한번 검증해 봐야 합니다. 이러한 노력이 필요한 것입니다. 현실적으로는 시험에서 공식을 암기하는 것만으로도 정답을 맞힐 수 있는 문제들이 있을 것입니다. 따라서 그러한 방식으로 어느 정도의 점수를 얻을 수는 있을 것입니다.

하지만 그것만으로는 사고력이 향상되었다고 볼 수 없습니다. 공식의 단순 암기는 단지 지식을 늘리는 데 불과합니다. 수학에서 중요한 것은 공식을 도출해 내는 논리가 중요하며, 그 논리를 구성하는 것이 바로「사고」입니다.

만약 공식을 도출하는 것이 어렵다면, 그것은 충분한 시간을 투자하지 않았기 때문입니다. 수학에 어려움을 겪는 사람들의 전형적인 사고 패턴은 「2a 빼기 a는?」이라는 질문에 「2입니다」라고 대답하는 경우입니다. 참고로 정답은 「a」입니다.

그렇다면 전자의 답변이 완전히 틀렸다고 말할 수 있을까요? 2a에서 a를 빼면 2가 된다는 것은 수학과 다른 규칙 체계에서는 인정될 수 있습니다. 다만 수학의 규칙에서는 다르다는 것뿐입니다. 이를 이해하지 못하는 학생들에게는 「2a는 a가 2개 있다는 것을 간략하게 표현한 것이다」라는 기초적인 설명부터 차근차근 설명해야 합니다. 이는 다소 번거로울 수 있지만, 결코 어려운 이야기는 아닙니다.

그러나 꼼꼼하게 설명하려는 노력을 소홀히 하다 보면 따라오지 못하는 학생들이 생기게 됩니다. 이해에 어려움을 겪는 학생들은 「수학은 너무 비논리적이야」라며 저항하게 됩니다. 이러한 저항은 자연스러운 반응이므로, 우리의 과제는 학생들이 이를 극복할 수 있도록 돕는 것입니다.

이러한 과정을 거치지 않고, 단순히 「2a에서 a를 빼면 a다. 잔소리하지 말고 그냥 외워라」라고 머리에 강압적으로 주입시키는 것으로는 결코 수학 능력이 향상되지 않는다는 점은 자명할 것입니다.

인터넷에서 검색하면 「답변 같은 것」이 수없이 나옵니다.

그러한 정보로 넘쳐나고 있죠. 하지만 그 중 상당수는 별다른 의미가 없는 지식에 불과합니다.

메타메시지의 위험성

정보 과잉과 관련하여 주의해야 할 또 다른 측면이 있습니다. 바로 「메타메시지」의 문제입니다. 메타메시지란 메시지 자체가 직접적으로 나타내지는 않지만, 결과적으로 수신자에게 전달되는 숨겨진 의미를 지칭합니다.

예를 들어, 제가 태어난 날의 신문을 살펴보면 모든 기사가 중일전쟁 관련 내용뿐입니다. 이는 곧 「현재 중국에서 벌어지고 있는 전쟁 외에는 중요한 것이 없다」라는 메타메시지가 됩니다. 당연히 신문 지면 어디에도 그런 표현은 없습니다. 단지 중국과 일본에서 발생한 개별 사건과 현상을 전할 뿐이죠. 하지만 신문 독자들은 무의식중에 「전쟁 외엔 중요한 것이 없다」는 메타메시지를 받아들입니다.

문제는 메타메시지가 수신자가 자기 머릿속에서 만들어낸다는 점입니다. 자신의 사고 과정을 통해 만들어졌기 때문에 「이것은 내 의견이다」라고 착각하게 됩니다. 무의식적으로 이러한 전환이 일어나는 것이 매우 위험합니다.

「내 의견」이라고 여기면 당연히 스스로 존중하고 신뢰하게 됩니다. 원래는 신문에서 얻은 메시지임에도 불구하고, 그러한 사실을 깨닫지 못합니다.

메타메시지는 대부분 의식되지 않지만, 수신자에게 상당히 강력한 영향을 미칩니다. 한번은 주간지 대담에 초대되어 최신호를 받았는데, 그 호에는 「누워 지내지 않게 하는 식사법」이라는 특집이 실려 있었죠.

「왜 이런 특집을 만드나요?」라고 물었더니, 「이 특집은 세 번째입니다. 할 때마다 잘 팔리거든요」라는 대답을 들었습니다.

이러한 특집을 반복적으로 다루면 독자들에게 어떤 메타메시지를 전달하게 될까요? 그것은 예를 들어 「식사에 주의를 기울이면 누워 지내는 상황을 피할 수 있습니다」라는 것입니다. 더 나아가 「자신의 신체 문제는 머리(의식)에 달려있다」는 의미이기도 합니다.

의학계의 오해

현대 의학계가 범하고 있는 중대한 오류 중 하나는 「정신력으로 신체를 통제할 수 있다」는 믿음입니다. 이러한 사고방식이 무의식적으로 대중의 인식에 각인되고 있습니다. 노벨상 수상자인 야마나카 신야(山中伸弥) 교수의 iPS 세포에 대한 기대에서 이러한 경향이 두드러집니다. 많은 이들이 「세포를 조작하면 신체의 모든 문제를 해결할 수 있다」는 관념을 비판 없이 수용하고 있으며, 이러한 연구에는 막대한 자금도 모이기 쉽습니다.

그 결과, 「iPS 세포는 과연 안전한가?」라는 의견은 거의 들리지 않습니다. 유전자 조작 대두 식품의 안전성에 대해 우려하는 목소리는 있지만, iPS 세포에 대해서는 그러한 우려가 상대적으로 적습니다. 생물학자 후쿠오카 신이치(福岡伸一) 씨는 iPS 세포와 암세포가 생물학적으로 유사한 특성을 지니고 있음을 지적하며, iPS 세포 자체가 암세포로 변할 가능성도 있습니다.

오해의 소지를 없애기 위해 덧붙이자면, 저도 후쿠오카 씨도 새로운 치료법이 나오길 바라지 않는 것은 아닙니다. 다만, 아직 잘 알려지지 않은 「블랙박스」 영역이 상당히 존재하기 때문에 섣불리 응용 단계로 나아갈 수 없다는 것입니다.

iPS 세포는 인공적으로 만들어진 것이 아닌, 수십억 년에 걸쳐 형성된 자연의 산물입니다. 자동차 부품과 달리, 동물 세포의 모든 특성과 기능을 완벽히 파악하는 것은 불가능합니다. 야마나카 교수 본인도 이러한 한계를 잘 알고 있을 것입니다.

그럼에도 불구하고, iPS 세포에 대한 부정적인 의견은 거의 들리지 않습니다. 이는 「정신력으로 신체를 통제할 수 있다」거나 「과학이 밝은 미래를 열어줄 것」이라는 메타메시지가 사회 깊숙이 침투해 있기 때문입니다. 개별적인 메시지가 아니라, 이런 메타메시지가 무의식적으로 사고의 대전제가 되어버린 것입니다. 그래서 의심받기 어려운 상황입니다.

왜 정치가 1면인가?

더 가까운 예로는 신문의 지면 구성 자체에 메타메시지가 포함되어 있습니다. 왜 신문의 1면은 정치 관련 기사가 많을까요? 1면이 아니더라도 2면, 3면이 정치이고, 그다음에 경제... 이러한 배열은 거의 모든 신문에서 공통적입니다.

본래 신문의 「메시지」는 개별 기사에 담긴 정보나 주장이어야 합니다. 하지만 기사의 배열은 다른 것을 전달하고 있습니다. 즉, 「정치와 경제야말로 중요한 주제이며, 알아두어야 할 것」이라는 메타메시지입니다.

수많은 정보가 다양한 메타메시지를 발신하고 있습니다. 반드시 옳다고 할 수 없는 메타메시지를 방출하고 있습니다.

반드시 옳다고 할 수 없는 메타메시지가 쌓여가는 것이 사람들에게 미치는 영향은 상당히 크지 않을까 생각합니다.

신문사는 「정치가 세상에서 가장 중요하다고 주장하려는 것이 아닙니다」라고 말할 것입니다. 주간지는 「몸은 의식 여하에 따라 어떻게든 된다는 식의 무모한 말을 하고 있지 않습니다」라고 말할 것입니다. 실제로 그렇지만, 수신자에게는 그러한 메시지가 결과적으로 전달되고 마는 것입니다.

군국주의의 탄생

단 하나의 메타메시지가 일본 전역을 뒤덮었던 시기가 전쟁 중이었습니다. 당시 「일본 군국주의」라는 주의가 존재했던 것은 아닙니다. 단순히 신문이 전쟁 관련 기사만 실었을 뿐입니다. 그리고 거기서 「전쟁 외에 중요한 것은 없다」는 메타메시지를 받아들여 「자신의 생각」으로 만들어 버린 것은 독자인 국민들이었습니다. 거의 전 국민이 그런 메타메시지를 받아들였기 때문에 「일본 군국주의」가 형성된 것입니다.

전쟁 중 신문에서 국민이 받아들인 메타메시지는 귀결적으로 「전쟁 외에 중요한 것은 없다」는 것뿐이었다고 말할 수 있습니다. 온 나라가 그 메타메시지에 휘둘렸습니다.

그러나 인터넷이 등장함으로써 전 세계적으로 무수한 메타 메시지가 생겨날 가능성이 있습니다.

신문이나 잡지와는 달리, 보는 사람이 자신이 선호하는 정보만을 계속해서 보는 경향이 증가했습니다. 「중국인, 한국인은 터무니없는 놈들이다」라는 페이지를 「즐겨찾기」로 지정해 그것만 보고 있으면, 「중국인, 한국인 문제보다 더 중요한 것은 없다」라는 메타메시지가 머릿속에 각인됩니다. 「원전이 얼마나 위험한가?」라는 페이지만 보고 있으면, 그보다 더 중요한 문제는 없다는 것이 각인되어 갑니다.

그런 사람들에게 부주의하게 「그런 문제에 관심 없어요」라고 말하면 분명 화를 내겠죠.

「이렇게 중요한 일에 관심이 없단 말인가! 우리는 이 문제에 맞서야 한다!」

예전 같았으면 비국민 취급을 받았을 것입니다. 하지만 당연히 현실 세계에서는 항상 다양한 일들이 일어나고 있습니다. 인터넷에서 특정 정보만을 보다 보면, 그 사실을 자꾸만 배제해 버리게 됩니다.

살아있다는 것은 위험한 일

메타메시지와 그에 관련된 문제 자체는 오래전부터 있었습니다. 다만 최근 들어 「정보 과잉」이 사실은 「메타메시지 과잉」이 되고 있는 것은 아닌가 하는 생각이 듭니다. 그리고 메타메시지가 과다해지면 서로 충돌하거나 모순을 일으키게 됩니다.

이로 인해 「혼란스럽다」 「이해할 수 없다」고 느끼는 사람들이 늘어나고 있는 것이 현실입니다. 「나는 이렇게 생각했는데」라고 한탄하지만, 정작 그 「이렇게」는 자신이 무의식적으로 메타메시지를 받아들여 사고의 전제로 삼았을 뿐인 경우도 있지 않을까요?

개별 메시지(기사)는 단순한 데이터에 불과한 경우가 많습니다. 그러나 그것이 방대한 양이 되었을 때, 수신자는 자신도 모르게 다른 메시지를 받아들이게 됩니다. 암묵적인 전제로 삼아 버리는 것이죠.

정보 과잉 상태에서 무의식중에 메타메시지를 계속 받아들이다 보면, 진정 무엇이 중요한지, 그 균형이 무너져 버리는 것 같습니다.

외국에서 제가 탔던 비행기가 착륙 직후 추락한 적이 있었습니다. 저는 이 일화를 여러 곳에서 이야기하곤 합니다. 「타고 있던 비행기가 추락했다」고 말하니, 기적적으로 생존한 것으로 오해하는 사람도 있지만요.

왜 이런 이야기를 하냐면, 「인생에는 위험한 일이 많다」는 것을 강조하고 싶어서입니다. 저는 노후에 대해서도 거의 생각해 본 적이 없습니다. 보통 사람들보다 위험한 곳을 일부러 찾아다니는 편이니까요. 곤충 채집을 가면 항상 위험이 도사립니다. 산에서 추락할 수도 있고, 벌레에 물려 병에 걸릴 수도 있습니다. 이런 삶을 사는 사람에게는 노후란 존재하지 않습니다. 매 순간이 위험 그 자체이기 때문입니다.

젊은 나이에 난치병으로 세상을 떠나는 이들도 있습니다. 그들에게 노후란 존재하지 않습니다. 살아있다는 것 자체가 본래 위험한 것입니다. 그것은 누구에게나 동일한 진리입니다.

당연한 사실이지만, 자신에게 유리한 정보만 선택적으로 수용하다 보면 이러한 기본적인 인식마저 흐려지게 됩니다. 단순하게 표현하자면 현실 감각을 상실하게 되는 것입니다.

테헤란의 사신(死神)

이야기가 잠시 옆길로 새지만, 원전 사고 이후 떠오른 우화가 있습니다.

사고 직후, 방사능을 두려워해 멀리 대피한 사람들이 있었습니다. 사실 대피 행위 자체의 위험성을 경고하는 목소리도 존재했지만, 방사능을 지나치게 공포로 인식한 사람들은 그 위험성을 강조하는 정보만 선택적으로 수용하여 피난을 선택했던 것입니다.

당시 실제로는 대피하지 않는 편이 좋았을 노인층 다수가 무리한 이동으로 건강을 해치고, 심지어 목숨을 잃은 사람들도 있었습니다. 이 위험성은 사전에 경고되었음에도 불구하고 잘 전달되지 못했습니다.

냉정하게 판단해 보면 아무런 영향이 없을 것 같은 지역, 예를 들어 도쿄에 거주하던 사람들이 간사이나 규슈 지방까지 피난하는 사례까지 발생하였습니다. 경계 구역도 아닌데 이런 행동을 하는 사람들이 많다는 사실을 알았을 때, 다소 과격한 표현이지만 「사회가 무너지고 있다」는 느낌을 받았습니다. 적어도 전시 중이라면 사회가 이런 행위를 용인하지 않았을 것입니다.

「조금이라도 불안하면 도망가는 게 뭐가 문제냐」는 반론이 있을 수 있겠죠. 그러나 이는 일어난 상황과 자신을 분리시키는 태도입니다. 그때까지 같은 곳에 살았고, 그 자리에 남는 사람들과도 단절을 선택한 것이죠. 최소한 현장에 남은 사람들과 함께 하겠다는 생각은 존재하지 않았던 것입니다.

물론 어떤 행동을 취할지는 자유이며, 이를 비난할 생각은 없습니다. 그 순간 떠오른 것이 「테헤란의 사신(死神)」이라는 우화였습니다. 빅터 프랭클(Viktor Emil Frankl)의 『밤과 안개』에 나오는 이야기로, 그 내용을 소개하면 다음과 같습니다.

부유하고 권력이 있는 페르시아인이 하인을 데리고 걷고 있었는데, 갑자기 하인이 이런 말을 합니다.

「방금 죽음의 신과 마주쳐 위협을 받았습니다. 제게 가장 빠른 말을 주십시오. 그것을 타고 테헤란으로 도망쳐, 오늘 저녁까지 그곳에 도착하려 합니다.」

주인은 하인에게 말을 주었고, 하인은 서둘러 떠났습니다. 그 후 주인이 저택에 돌아가려던 순간, 죽음의 신을 만나게 되었습니다. 주인이 「왜 내 하인을 놀라게 하고 겁주었느냐」고 묻자, 죽음의 신은 이렇게 대답했습니다.

「나는 그를 놀라게 한 적도 없고, 겁도 주지 않았소. 오히려 내가 놀랐지. 그자와는 오늘 밤 테헤란에서 만나기로 했는데, 여기서 마주치다니.」

이 우화는 인간의 판단이 얼마나 허망한지 보여주며, 운명을 피하려는 행위가 역설적으로 그 운명을 재촉하는 아이러니를 담고 있습니다. 어떻게 해석할지는 여러분께 맡기겠습니다. 정보 과잉 시대에 「일반화의 오류」를 경계해야 함을 암시하는 우화입니다.

버드나무 아래에 항상 미꾸라지가 있는 것은 아니다

한 번 버드나무 아래에서 미꾸라지를 잡았다고 해서 언제나 그곳에 미꾸라지가 있다고 여기는 것은 잘못된 일반화임을 경계하는 말입니다. 원래는 「내가 본 그 순간, 이 버드나무 아래에 미꾸라지가 있었다」는 하나의 구체적 경험에 불과한데도 사람들은 이를 보편적 법칙으로 착각해 버립니다.

이처럼 「메타메시지」를 받아들인다는 것은, 자신의 머릿속에서 구체적인 사실(아래)에서 일반적인 법칙(위)을 자기 마음대로 임의로 만들어내는 사고방식입니다.

예를 들어, 내가 감기에 걸렸을 때 비서가 「선생님, 이 약을 드셔보세요. 제가 이걸 먹고 다음 날 바로 나았어요」라고 말한 적이 있습니다. 그녀는 「약을 먹으면 낫는다」고 단순화해서 일반화하고 있는 셈이죠. 하지만 「정말 약이 효과가 있었는지, 그 전에 먹은 고기구이 덕분인지는 알 수 없지 않나요?」 이것이 저의 대답이었습니다.

이처럼 하나의 사례만 보고 일반화하는 사고방식은 대개 오류를 낳습니다. 이 사실을 제대로 된 과학자들은 잘 알고 있습니다. 이런 사고방식으로는 거의 대부분, 즉 99%가 잘못된 결론에 이른다고 해도 과언이 아닙니다.

신문의 사회면이나 TV 뉴스를 계속 보다 보면, 일본에서 흉악한 청소년 범죄가 계속 증가하고 있는 것처럼 보이지 않습니까? 실제로 그런 두려움을 말하는 사람도 있습니다. 하지만 실제로는 흉악 범죄가 줄어들고 있다는 데이터가 있습니다. 개별 사건의 뉴스에서는 「○월 ○일, 청소년이 범죄를 저질렀다」는 사실만을 보도할 뿐, 청소년 범죄가 증가하고 있다고 말하는 것이 아닙니다. 그럼에도 불구하고, 수용자는 「증가하고 있다」고 자기 마음대로 받아들입니다.

신문을 읽고 있으면 큰 사건이 연달아 일어나고 있는 것처럼 느껴지지만, 실제로는 그렇지 않습니다. 대부분의 사람에게는 큰 사건이 없는, 평소와 같은 평온한 날이 이어집니다. 대부분의 사람이 평온한 하루를 보내기 위해 노력하고 있고, 그래서 사회가 유지되고 있습니다. 자동차를 운전하는 사람들은 사고를 내지 않으려고 애쓰고 있고, 그 노력은 대부분 결실을 맺습니다. 하지만 신문에는 사고만 보도됩니다. 「오늘도 3천만 명이 운전대를 잡았지만, 다행히 대부분 무사했습니다」라는 소식은 전해지지 않습니다.

사회가 어두워졌고, 폐쇄감에 휩싸였다고 느끼는 사람들 중에는, 뉴스를 너무 많이 보고, 읽는 탓도 있을 것입니다.

그래서 저는 예전부터 TV 뉴스에서 「오늘은 뉴스가 없었습니다」라고 방송해 보면 어떨까 하고 말해왔습니다. 그것이 어렵다면, 모든 뉴스를 다 전한 후에 「... 그렇지만 이 모든 일은 이미 지나간 일입니다」라고 마무리해 보는 것도 좋지 않을까요.

쇄국(鎖國)의 효능

신문이 없던 시대에는, 사람들은 지인들의 이야기나 게시판 정도에서만 정보를 얻을 수 있었을 것입니다. 신문이 등장하고, 그 후 라디오와 TV, 그리고 지금은 인터넷과 트위터 등을 통해 정보의 양이 폭발적으로 늘어났습니다. 정보가 너무 많아 혼란을 느끼는 사람도 있겠지만, 한편으로는 정보가 많을수록 좋다고 생각하는 사람도 많습니다. 사람들은 계속해서 새로운 정보 도구에 몰려들고 있습니다.

하지만 정보가 많다는 것은, 그만큼 무의식중에 메타메시지를 받아들이고 있다는 뜻입니다. 그 정보들은 서로 충돌하거나 모순되는 경우도 드물지 않습니다. 그래서 혼란스러워하는 사람이 생기는 것도 당연할 것입니다.

인간은 처리 능력을 초과하는 정보량이 들어오면 혼란스러워집니다. 에도 시대의 쇄국에는 이러한 종류의 혼란을 방지하기 위한 지혜가 담겨 있었는지도 모릅니다. 「너무 많은 정보를 받아들이는 것은 위험하다」는 무의식적 판단이 있었던 것입니다. 세상이 평온하다면, 일반 서민에게 굳이 많은 정보를 제공할 필요가 없습니다. 즉, 정책에 따르게만 하면 되고, 그 이치를 백성에게 이해시키지 않아도 된다는 사고방식도 이와 같은 맥락입니다. 「서민은 무지한 편이 행복하다」고 말하려는 것은 전혀 아닙니다. 다만, 그와 마찬가지로 정보가 많으면 많을수록 좋다는 것도 지나치게 단순한 발상입니다. 어느 정도의 정보량이 인간에게, 또는 자신에게 적절한가 하는 문제는 매우 어렵습니다. 이는 에너지 문제와 매우 비슷해서, 「많을수록 행복하다」는 것이 아님을 우리는 알고 있습니다.

적절한 정보량이란

정보가 너무 많으면 혼란스러워진다는 것을 아는 사람은 스스로 적절히 정보를 차단하고 있을 것입니다. 하지만 많은 사

람들은 이 사실을 인식하지 못하거나, 인식하더라도 어디까지
가 적절한지를 알지 못하는 경우가 많습니다.

저는 책은 읽지만, 신문은 대충 훑어보는 정도입니다. 아침
부터 꼼꼼히 읽지는 않습니다. 인터넷도 논문 등에 필요할 때만
사용하고, 그 외에는 거의 사용하지 않습니다. 트위터나 페이스
북도 하지 않습니다. TV는 식사 중에 뉴스만 보는 정도입니다.
AKB48이 뭔지 최근에야 알았을 정도입니다. 이런 생활 방식은
계속 변하지 않았지만, 전혀 불편하지 않습니다.

이 나이가 되니 유행의 최전선에 있고 싶다는 생각도 들지
않습니다. 젊었을 때 인터넷이 있었다고 해도, 아마 그다지 열
심히 하지 않았을 것 같습니다.

페이스북이나 트위터 등은 폐쇄된 소규모 집단 내에서 연
락하는 데는 좋을 것이라 생각합니다. 곤충을 좋아하는 취미는
외로운 일이니, 같은 취미를 가진 사람들이 동호인들과 연락을
주고받고 싶어 하는 것도 이해합니다. 그러나 불특정 다수에게
자신의 정보를 발신하는 것은, 적어도 저는 하고 싶지 않습니
다. 열심히 트위터 등을 하는 사람을 보면, 대단하다는 생각이
듭니다.

제가 즉흥적으로 뭔가를 쓴다면, 부적절한 내용뿐일 것입

니다. 원고를 쓸 때는 상당히 신중하게 진행하고, 편집자로부터 「이건 좋지 않다」고 지적을 해주기도 하니 안심하고 쓸 수 있습니다. 그런데 생각나는 대로 쓰고 그것이 바로 공개되는 것은 매우 두렵습니다. 그렇다고 절대로 문제가 되지 않을 내용만 쓰자니, 너무 시시한 얘기만 하게 됩니다. 일상 대화나 정치 이야기 정도가 고작인데, 그것마저 문제라고 지적받을 수도 있겠지요.

번거로운 도구

컴퓨터나 인터넷 같은 새로운 도구들이 세상을 더 나은 방향으로 이끌 것으로 생각하는 이들도 있겠지요. 그러나 현실은 그렇게 단순하지 않습니다. 새로운 현미경을 제대로 다루는 것조차 쉽지 않습니다.

현미경의 정밀도가 높아질수록 더 좋지 않겠느냐고 말하는 사람들은, 실제로 곤충을 관찰해 본 적이 없는 사람들입니다. 정밀도가 계속해서 향상되면, 불필요한 정보까지도 보이기 시작하기 때문입니다. 물론 이런 정보들을 즉각적으로 선별할 수 있다면 좋겠지만, 왠지 모르게 버리자니 아까운 느낌에 이것 저것 프린트하게 되어, 결국 종이만 낭비하게 됩니다. 그렇다고 그 과정에서 대단한 발견이 이루어지냐 하면, 실상은 별다른 것을 알지 못합니다.

곤충을 관찰하지 않는 사람이라도, 집 안에서 천장을 올려다보면 쉽게 이해할 수 있습니다. 지금 머리 위에 있는 것이 천장이라는 사실은 육안으로도 금방 알 수 있습니다. 하지만 만약 현미경으로 확대하여 그 천장을 바라보면 어떻게 될까요?

아마 먼지와 쓰레기만 보이고, 전체의 모습은 보이지 않을 것입니다. 그것이 천장인지조차 알 수 없게 됩니다. 정밀도가 높아질수록, 오히려 본질은 보이지 않게 되는 것입니다. 사물이 상세히 보인다는 것은, 그 외의 세계가 흐릿해진다는 것을 의미합니다.

이는 학자들이 빠지기 쉬운 함정입니다. 어떤 것을 제대로 철저하게 조사하여 이해했다고 해서, 그만큼 세상이 명확해질까요? 유감스럽게도 현실은 그렇게 단순하지 않습니다. 특정한 부분을 명확히 알게 되었다는 것은, 오히려 그 이외의 부분에 대해서는 알지 못한다는 사실 역시 분명해졌다는 뜻이기도 합니다. 그런데도 「이 부분이 명확해졌다」고 세상에 알리면, 「관련된 다른 부분도 명확하다」는 식의 메타메시지를 사회에 전달하게 됩니다.

저는 학생들에게 이런 이야기를 들려주며 이 점을 설명합니다. 물(H₂O)의 분자식은 하나의 산소(O)에 두 개의 수소(H)가 결합된 형태로 나타냅니다. 칠판에 적힌 H_2O의 분자식은, 실제 H_2O 분자를 엄청난 배율로 확대한 것입니다. 학생들에게 「이것이 몇 배나 확대된 것인지 계산해 보라」고 말합니다.

이 배율을 인체에 적용해 보면, 발이 지구에 있고 머리가 달에 있을 정도의 크기가 되어 버립니다. 그렇게 거대한 인체를 본다고 해도 전체의 모습을 파악할 수는 없습니다. 만약 해부를 한다면, 모든 것을 이해하기에는 아무리 시간이 많아도 부족할 것입니다.

칠판에 「H_2O」라고 분자식을 쓰고 이해했다고 의기양양해진 전문가들은, 실제로는 그만큼 이해하지 못하고 있는 부분도 있다는 사실을 인식하지 못하는 경우가 많습니다.

학자들은 디테일(세부 사항)을 쌓아가면 결국 전체상에 도달할 수 있다고 생각하기 쉽습니다. 하지만 세부를 파고들수록 전체는 더욱 거대해지기 때문에, 오히려 전체상에서 멀어지게 되는 측면이 있습니다.

이 지점에서 7장에서 언급한 「큰 그림」의 중요성이 다시 한번 드러납니다. 큰 가설을 제시하면 「그런 증거가 어디 있느냐」, 「데이터가 어디 있느냐」는 비판이 나오기 마련입니다. 큰 가설이기 때문에 증거나 데이터가 없는 경우도 있습니다. 또한 그에 반대되는 데이터도 찾아보면 나오겠지요. 하지만 그렇다고 해서 큰 가설을 제시하는 것을 멈춰서는 안 됩니다. 「대체로 이렇게 생각하면 납득할 수 있다」는 가설이 반드시 필요한 것입니다.

현실에 발을 딛자

인간이 현실에서 멀어지는 현상 자체는 인터넷이 보급되기 이전부터 계속되어 온 흐름입니다. 다만, 인터넷의 출현으로 「뇌화사회」로의 흐름이 더욱 첨예해졌습니다. 즉, 뇌, 곧 의식만이 비대해지고, 현실로부터 점점 멀어지게 된 것입니다. 현대인이 「죽음」이나 「시체」를 멀리하게 된 현상에 대해서는 여러 차례 언급해 왔습니다. 이것 역시 같은 흐름 안에 있습니다.

우리는 「죽음」이나 「시체」를 가능한 한 의식에서 멀리하고, 마치 존재하지 않는 것처럼 하려고 합니다. 그 경향은 점점 강해지고 있습니다.

물론 인터넷상에도 「죽음」이나 「시체」는 존재하지만, 그것들이 차지하는 비율은 현실 사회에 비해 현저히 작을 것입니다.

이러한 흐름은 앞서 말한 대로 이미 멈출 방법이 없습니다.

하지만 그렇다고 해서 그대로 방치해도 된다는 뜻은 아닙니다. 주의해야 할 점은, 이러한 변화가 우리가 알아채지 못하는 사이에 그 영향이 침전물처럼 쌓여, 어느 시점에 이르면 중대한 전환점을 맞이할 가능성이 있다는 것입니다.

지금의 사람들은 패러다임 시프트(커다란 전환점)을 경험한 적이 없습니다. 기껏해야 버블 붕괴나 리먼 쇼크 정도입니다. 하지만 이 흐름이 계속된다면, 언젠가 큰 함정에 빠질지도 모릅니다. 어떻게 하라고 지시할 생각은 없지만, 최소한 개인 차원에서도 주의를 기울이고, 할 수 있는 일은 있습니다. 그 방법에 대해서는 이미 이 책에서 여러 차례 언급했습니다. 「참근교대」도 해결책 중 하나입니다. 의식 밖의 것에 주목하라고도 했습니다. 또 다른 표현을 빌리자면, 「땅에 발을 딛고 살아라」라는 것입니다.

옛날 어른들은 자주 「현실을 직시하라」고 말하곤 했습니다. 적어도 저는 그런 말을 자주 들었습니다.

사회가 제대로 작동하던 시설에는, 사회와 제대로 관계를 맺는 것만으로도 현실을 보는 일이 되었을지 모릅니다. 하지만 지금은 그 사회 자체가 의심스러워졌고, 예전만큼 견고하지도 않습니다.

그렇다면 인간이 의식적으로 만들지 않은 것과 마주하는

것이 좋습니다. 거창한 일을 할 필요는 없습니다.

결국, 가능한 한 자연과 접하는 것부터 시작하면 됩니다.

저는 여러 곳에서 「머리가 좋아지고 싶다면, 하루에 10분 만이라도 좋으니 자연을 바라보라」고 말합니다. 그 결과가 어떨지 묻는다면, 역시 「직접 해보면 알게 된다」라고밖에 대답할 수 없습니다.

제 10 장

자신감은 「자신」이 키우는 것

1차 산업과 정보

정보를 많이 수집한다고 해서 반드시 유용한 것은 아닙니다. 이를 가장 직관적으로 보여주는 분야가 1차 산업입니다. 아무리 다양한 사람들로부터 이야기를 듣고 정보를 축적해도, 실제로 생산물이 나오지 않으면 의미가 없습니다. 「농업은 보수적」이라는 말을 많이 합니다만, 무의미하게 보수적인 것이 아닙니다. 섣불리 「최신 정보」를 받아들여 방식을 바꿨다가 수확이 없어지면 이익은커녕 본전도 못 찾고, 쉽게 현장을 바꿀 수 없는 구조적 한계 때문에 보수적일 수밖에 없는 것입니다.

인터넷에서 정보를 얻었다고 해도, 그 정보를 눈앞의 논에 적용할 수 있을지 여부는 알 수가 없습니다. 옆집의 논과 같은 방식으로 농사를 짓는다고 해서 잘 될지도 알 수 없습니다. 직접 해보지 않고는 알 수 없는 것입니다. 그래서 농부들은 쉽게 움직이지 않습니다. 기존 방식으로도 수확이 가능하다면 혁명적인 변화를 감수할 필요가 없습니다. 또한 머릿속에서 구상한 이상론이나 매뉴얼은 현장에서 종종 통용되지 않습니다.

벼 모를 심을 때 매뉴얼상으로는 가능한 한 빈틈없이 빽빽하게 논을 채워서 심도록 권장합니다. 단위 면적당 수확량을 높이려면 당연히 그렇게 하는 것이 자연스럽기 때문입니다.

그런데 오랫동안 유기 농법을 실천해 온 사람에게 물으니 「그건 틀렸다」고 말합니다. 빽빽하게 심지 말고 70% 정도로 줄이는 편이 좋다고 조언하죠. 주변에서는 비웃는 사람도 있긴 하지만, 결국에는 그렇게 하는 것이 품질도 좋고 수확량도 손색없다고 합니다.

이 사람은 경험치를 통해 이런 방식을 발견한 것입니다.

정보를 너무 많이 얻으면 좋지 않다는 것은 과학 논문을 써 본 적이 있는 사람은 공감하실 겁니다. 논문을 쓰려고 관련된 모든 자료를 망라해서 체크하다 보면 끝이 없습니다. 게다가 자료를 읽다 보면 점점 다른 사람의 주장에 끌려다니게 되죠. 그러면 자신의 아이디어가 고갈됩니다. 저를 가르쳐주신 스승님은 그 위험성을 잘 알고 계셨기에 「책을 읽지 말라」고 말씀해 주셨습니다.

스승님에 따르면 「좋지 않은 교과서란 너무 잘 만들어진 교과서, 설명이 완벽한 교과서」라고 하셨습니다. 너무 잘 만들어진 교과서가 무슨 문제가 될까요? 언뜻 보면 그쪽이 더 유용할 것 같지만, 그런 교과서로 배우면 의문이 생기지 않습니다. 그것이 바로 문제입니다. 또 다른 스승님은 「자신이 해온 일은 교과서를 읽다가 '이 부분은 잘 이해가 안 되는데'라고 생각한 부분을 찾아보는 것이었다」고 말씀하셨습니다. 꼼꼼히 읽다가 「여기는 논리가 맞지 않는다」고 느낀 부분을 스스로 탐구하면, 그 과정 자체가 작업(이 경우에는 논문)이 된다는 것입니다.

매우 영리하고 눈치 빠르며, 새로운 논문의 정보에도 밝은 사람이 있었습니다. 학계의 최신 동향도 꿰뚫고 있었죠. 그러나 그 사람은 정작 자신의 논문은 전혀 쓰지 못했습니다.

당연한 일이지만, 해부학의 경우를 예로 들면, 모든 것은 눈앞에 있는 실제 몸을 보는 것에서부터 시작됩니다. 그것을 자신이 어떻게 보느냐가 중요하지, 극단적으로 말하면 다른 사람이 어떻게 보는가는 문제가 되지 않습니다. 어느 정도 독선적일 수밖에 없는 부분입니다.

물론 최소한으로 숙지해야 할 기본 지식은 존재합니다. 하지만 전 세계 연구자들의 성과를 전부 파악하려고 들면, 그것만으로도 시간이 부족해집니다. 굳이 논문을 쓸 필요가 없는 사람이라도 무언가를 조사할 때 인터넷 검색으로 나온 정보를 전부 보려고 하면 큰일 납니다. 즉 자신에게 들어오는 정보를 어느 시점에서 제한하지 않으면 일을 진행할 수 없는 것입니다.

저는 꼭 필요할 때만 인터넷 검색을 합니다. 예를 들어 특정 곤충의 이름을 처음에 누가 어떤 개체에 붙였는지와 같은 사실을 확인할 때죠. 그 정보를 알게 되더라도 일은 끝나지 않습니다. 중요한 것은 그 곤충과 지금 눈앞에 있는 곤충이 같은 종인지 다른 종인지 판단하는 것 역시 어려운 과제입니다. 상당 부분 공통점이 있어도 일부는 다릅니다. 그 차이를 종(種) 수준의 차이로 인정해도 되는지에 대한 명확한 기준은 없습니다. 교미기(交尾器) 차이로 구분하는 방법이 있지만, 여기서 복잡한 점은 교미기는 동일하지만, 외형이 완전히 다른 경우도 존재한다는 사실입니다. 서식지가 달라 외관은 다르지만, 교미기는 같은 경우도 있죠. 이것을 종의 차이로 봐도 좋은지가 확실히 정해져 있지 않습니다. 이 답 또한 어디에도 쓰여 있지 않습니다. 자신의 눈으로 판단할 수밖에 없는 것입니다.

이런 이야기는 곤충에 관심 없는 사람에게는 아무런 의미도 없겠죠. 하지만 이는 실제로 사회를 변화시키는 것과 연결됩니다. 무언가를 해결하고 싶다고 생각할 때, 같은 문제라도 지역에 따라 해결책이 다른 경우는 충분히 있을 수 있습니다. 이 동네에서는 이런 방식이 잘 맞지만, 저쪽 동네에서는 잘 안 맞는 경우입니다. 그것은 토지와 사람이 다르면 당연한 것입니다.

그래서 「모두에게 이득이 되는」 해결책이 존재한다는 발상은 어딘가 의심스럽습니다. 곤충의 경우만 봐도 잘 알 수 있는 것입니다.

뇌는 편한 것을 원한다

인간의 뇌는 본능적으로 편한 쪽을 선택하는 경향이 있습니다. 뇌가 편한 것을 선택한다는 것은 무엇을 의미하는 것일까요? 그것은 바로 현실을 단순화하여 사고하려고 한다는 것입니다. 「중국인과 한국인 중에는 나쁜 사람도 있고, 평범한 사람도 있고, 좋은 사람도 있다」고 생각하기보다 「중국인과 한국인은 나쁘다」라고 단순화하는 것이 뇌가 편안하게 느낍니다.

인터넷이나 휴대폰처럼 정보의 노이즈가 적은 매체는 뇌에 부담이 적습니다. 그래서 모두가 그것을 선호하는 것입니다.

「편하게 사는 게 뭐가 나쁘단 말인가? 그것이 진보 아닌가?」라고 생각하는 사람도 있을 것입니다. 확실히 저도 편하게 하려고 할 때가 있습니다. 하지만 모든 일에는 좋은 면과 나쁜면, 겉과 속이 공존하고 있다는 사실을 인지해야 합니다.

하루 종일 인터넷으로 주식 거래를 반복하고, 식사나 생활 용품을 배달시키고, 외출을 최소한으로 하며, 자연과 단절된 라이프스타일도 현대에는 가능합니다. 실제로 그렇게 해서 큰 돈을 버는 사람도 있을 것입니다. 그런 삶에 만족하는 사람에게 「문제가 있으니 그만두라」고 말하지는 않겠습니다. 어디까지나 가상적인 삶이지만, 본인이 납득하고 있다면 괜찮다고 할 수 있죠.

그러나 그런 논리라면 북한 주민들의 인생도 완결되어 있습니다. 전쟁 중의 일본인들의 삶도 마찬가지였죠. 군부나 정부에 반대한다는 생각은 상상조차 할 수 없었습니다.

연구직이라는 일에도 가상적(假想的)인 측면이 있습니다. 그런 의미에서는 하루 종일 인터넷을 하고 있는 것과 비슷한 점이 있습니다.

제가 했던 해부라는 일도 가상적인 면이 있었습니다. 시신을 해부한다고 해서 어떤 부가가치를 창출하는 것은 아니었기 때문입니다. 당시에는 「이런 일은 일종의 착각 같은 것이 아닐까?」라는 의심이 들었습니다.

「해부 같은 걸 해서 먹고 살 수 있을까?」

물론 간접적으로는 그 작업이 의사를 양성하는 데 기여한다는 논리를 세울 수는 있습니다. 하지만 환자를 진료하는 것과는 무관한 일이었죠.

게다가 이런 가상적인 일에는 위험한 면이 있습니다. 결국 편한 쪽으로 갈 가능성이 있다는 점이죠. 머릿속의 문제는 해결할 수 있습니다. 컴퓨터 작업에는 불확실성과 노이즈가 거의 없습니다. 해결하지 못하는 경우에는 「해결 불가능」이라는 결론도 즉시 도출됩니다.

그러나 자연에서 일어나는 일은 간단하게 답을 알 수 없습니다. 세상일도 마찬가지입니다. 게다가 알지 못하는지조차 알 수 없는 경우가 많죠.

귀찮기 때문에 존재한다

다만, 저는 무언가를 선택할 때 항상 「편한 길은 피하자」고 생각해 왔던 것 같습니다. 편한 것은 좋지 않습니다. 여기서 「편한 것」이란 단순히 육체노동과 같은 단순한 문제가 아닙니다.

제가 이과를 선택했던 이유는 문과를 목표로 하면 스스로가 편하게 있게 될 것으로 생각했기 때문입니다. 어릴 적부터 책 읽는 것을 좋아했고, 문헌 조사에도 능숙했습니다. 하지만 자신이 잘하는 일만 하게 되면, 못하는 부분을 어딘가에 버려두게 됩니다. 이는 무언가 건강하지 못한 상태라고 느꼈습니다.

이과로 진학하여 동경대에서는 의학부를 선택했습니다. 졸업 후에도 임상의를 목표로 할지 연구직을 선택할지 기로에 놓였습니다. 이때도 편하지 않은 길로 느껴진 연구직을 선택했습니다. 오해가 없으시길 바라는 마음에서 말씀드리자면, 임상의가 쉬운 직업이라는 의미는 아닙니다. 어디까지나 저에게만 해당되는 이야기입니다.

당시 저에게 임상의가 더 편하게 느껴졌던 이유는 기본적으로 환자가 「문제」를 안고 찾아온다는 점 때문이었습니다. 의사는 그 「문제」를 해결하는 입장이죠.

반면 연구직의 경우에는 「문제」는 외부에서 주어지지 않습니다. 그 「문제」를 스스로 설정하는 것부터 시작해야 합니다. 이는 고등학교까지의 공부와 대학 이후의 공부가 닮은 점입니다. 고등학교까지의 공부는 주로 교사가 내준 문제를 푸는 것이 전부였습니다. 하지만 대학에서는 그렇지 않죠. 「무엇을 해결해야 할 문제인가」를 스스로 고민해야 하는 단계로 나아가야 합니다. 그런 다음 스스로 해결책을 찾아내는 것입니다.

이 점이 힘들다면 힘들고, 번거롭다면 번거로운 부분입니다. 하지만 그것이 바로 삶이 아닐까 생각했습니다. 힘든 길을 선택하지 않으면, 결국 스스로에게 해가 될 것이라는 깨달음이었습니다.

일은 상황을 포함한 것

연구를 시작하며 가장 힘들었던 것은 스스로 동기부여를 만들어야 한다는 것이었습니다. 「이 연구의 목적은 무엇인가?」, 「진정으로 하고 싶은 것인가?」, 「할 만한 가치가 있는가?」를 끊임없이 고민해야 했죠.

처음으로 학위 논문을 쓸 때는 그것 때문에 상당히 고생했습니다. 마감이 임박해서 어떻게든 일주일 만에 완성은 했지만, 아직 자신만의 주제를 잡지 못했습니다. 「이 연구의 목적은 무엇인가?」, 「할 만한 가치가 있는가?」에 대한 답을 내리지 못한 채였습니다.

그 논문을 쓴 이후에 일은 구체화되기 시작했고, 연구가 진전되기 시작했습니다. 어떻게 하면 논문을 작성할 수 있을지, 노하우도 알게 되었고, 이렇게 하면 연구도 진행이 된다는 실질적인 감각도 얻을 수 있게 되었습니다.

그 상황을 무너뜨린 것이 대학 분쟁이었습니다. 제가 연구자가 된 지 2년째 되던 해였죠. 당시 학생들이 던진 질문은 「당신은 무엇을 위해 연구를 하고 있는가?」였습니다. 바로 전까지 스스로 깊이 고민하고 답을 냈던 같은 문제가 다시 되풀이된 것입니다. 한때 스스로 해결했던 것을 다시 묻게 된 것입니다.

이미 구체적으로 일을 진행하고 있었는데, 다시 추상적인 질문으로 돌아가게 되었습니다.

하지만 그런 상황과 다시 마주하는 것도 무의미하지는 않았습니다. 아무리 자신이 일을 제대로 진행하고 있다고 해도 전혀 무관한 일이 갑자기 발생할 수 있다는 것, 이를 고려해야 한다는 것을 깨달았습니다. 사회적 맥락을 제대로 고려하지 않으면 일이 진행되지 않는다는 것을 뼈저리게 알게 되었습니다.

얼핏 보기에 일과 직접적인 관련이 없는 문제가 갑자기 끼어들어 방해를 받는 경우, 탈출이라는 선택지도 있습니다. 연구직이라면 다른 대학이나 해외로 옮기는 것이 가장 쉬운 해결책이겠죠. 하지만 저는 그것 또한 일종의 「편한 선택」이 아닐까 하는 생각이 들었습니다.

확실히 그 당시 동경대에 머무는 것은 번거로운 일이었습니다. 본업인 연구와는 별개로, 항상 귀찮은 일들이 따라다니는 상황이었기 때문입니다.

하지만 그런 상황에 놓인 대학과 마주하는 것도 일의 일부이므로, 거기서 도망쳐서는 안 된다고 생각했습니다.

그 생각은 지금도 틀리지 않았다고 믿습니다.

「상황과 일이 하나」라는 것은 「자연과 자신이 하나」라는 생각과도 일맥상통합니다. 상황까지 포함해서 일이라고 보는 관점은 사람에 따라서는 이해하기 어려울 수 있습니다.

저는 대학교수 시절, 누가 봐도 마이너스라고 생각하는 것을 맡는 것이 일을 하는 데 중요하다고 생각했습니다. 마이너스는 나쁜 일이라는 의미가 아닙니다. 누가 해도 힘들지만, 누군가는 해야 하는 일을 한다는 것입니다.

「왜 교수까지 된 당신이 그 일을 해야 하는 거죠?」

이런 말을 자주 들었습니다. 그 말의 속뜻은 「교수가 그런 것까지 하지 않아도 되지 않냐?」는 의미가 담겨 있습니다.

하지만 모든 것을 포함한 것이 일입니다. 「그 정도까지 하지 않아도 되는」 상황을 떠안는 것 또한 일의 일부입니다.

일이라는 것 자체가 본질적으로 「개인」이 홀로 버틸 수 없는 것입니다. 상대방이 없으면 어쩔 수 없죠. 자신만을 위한 일이라는 것이 전혀 없지는 않겠지만, 적어도 현대 사회에서는 다른 사람에게 도움이 되지 않으면 보상을 받을 수 없습니다. 그것이 싫어서 「완전히 자신만을 위한 일」을 하고 싶다면, 무인도에 가서 로빈슨 크루소 처럼 사는 방법뿐입니다. 그런 인생은 의미가 없다는 것은 누구나 알고 있는 사실입니다.

인생은 울퉁불퉁한 것

매우 똑똑하고, 조직에도 잘 적응하며, 일 처리 능력이 뛰어난 사람들이 있습니다. 손재주가 좋아 순조롭게 나아가는 이들 말이죠. 어떤 조직에든 그런 사람들이 있습니다.

학원 분쟁 같은 문제가 발생해 연구가 어려워지면 해외로 떠납니다. 그곳에서 제대로 연구를 진행해 실적을 쌓죠. 그것도 그것대로 훌륭한 일입니다. 하지만 인생은 좀 더 거칠고 울퉁불퉁한 것이 아닐까 하는 생각이 어딘가에서 듭니다.

온갖 갈등 상황을 교묘히 요령과 재주로 빠져나가는 사람들을 보면, 문득 그런 삶이 과연 흥미로울까 하는 의문이 듭니다.

이에 대해 「그건 단지 당신의 취향 아닌가?」라고 반문한다면 할 말이 없습니다. 사실 그 말이 맞습니다. 하지만 일본인의 근본적인 가치관은 그러한 요령 좋음을 존중하는 것과는 다른 것이 아닐까 하는 생각도 듭니다.

그러고 보니 예전에 「동경대 사람들은 뭔가 꼿꼿함이 있다」는 말을 들은 적이 있습니다. 추상적인 표현이지만, 그 의미가 무슨 뜻인지 알겠더군요. 지금도 관료를 꿈꾸는 사람들 중 일부는 가능하다면 그런 「꼿꼿함」을 가졌으면 좋겠습니다.

효율적으로 답을 찾는 것이 아니라, 스스로 질문을 설정하는 것. 이런 작업은 괴롭다고 하면 괴로울 수 있습니다.

하지만 저는 일종의 고통, 즉 어느 정도 부하가 걸려야 살아 있음을 실감할 수 있는 것이 아닐까 생각합니다. 그것이 바로 살아있다는 의미일 테니까요.

이러한 견해를 타인에게 강요할 생각은 없습니다. 이는 극히 개인적인 영역에서 갈리는 각자의 가치관 문제일 것입니다.

자아 인식의 중요성

「타인을 위해 일한다」거나 「상황을 짊어진다」고 하면 불안하게 느끼는 사람도 있을 것입니다. 그렇게 하다 보면 자신의 인생이 아니라 회사나 가정의 희생양이 되어버리는 것은 아닐까, 손해만 보고 보상을 받지 못하는 것은 아닐까 하는 걱정을 할 수도 있죠. 실제로 그럴 위험성도 분명히 존재합니다.

여기서 중요한 것은 자신이 어디까지 감당할 수 있는지를 아는 것입니다. 즉, 자신의 「위(胃) 용량」이 얼마나 되는지 미리 알아 두어야 한다는 것입니다. 이 정도까지는 소화할 수 있지만, 그 이상은 무리라는 그 한계를 인식해야 합니다.

아무리 몸에 좋은 음식이라도 위가 견디지 못하면 오히려 건강을 해치고 맙니다. 불로장생할 수 있는 음식이라도 위 용량보다 크면 해가 됩니다.

일도 마찬가지입니다. 자신의 역량과 전혀 맞지 않는 큰 일에 손을 대면 결국 실패하고 맙니다. 그뿐만 아니라, 실패의 경험이 트라우마가 되어 오랫동안 인생을 헛되이 낭비할 수도 있습니다.

특히 젊은 사람들은 이러한 균형을 잡기 어려우니 실패할지도 모릅니다. 그래서 자신의 「위 용량」의 강도를 알 필요가 있습니다.

그렇다면 그것을 알기 위해서는 어떻게 해야 할까요? 역시 끊임없이 도전해 나가는 수밖에 없습니다. 지나치게 안전한 방법만 고수하다 보면, 「위 용량」의 진정한 강도도 알 수 없고, 더 강하게 만들 수도 없습니다.

운동선수가 체력을 단련할 때를 상상해 보면 이해하기 쉬울 것입니다. 지나치게 근육에 부담을 주면, 몸이 망가지고, 너무 편하게만 하면 성장하지 못합니다.

항상 타인과 관계를 맺고 상황을 짊어지는 과정에서 자연스럽게 자신의 「위 용량」의 강도가 보이기 시작합니다.

자신감을 키우는 것은 바로 자신

눈앞에 문제가 발생하거나 어떤 벽에 부딪혔을 때, 거기에서 도망치는 것이 더 효율적으로 보일 수 있습니다. 실제로 그 순간만을 생각하면 그것이 「이득」처럼 보일 수 있죠. 하지만 그렇게 피해 다녀도 결국 또다시 비슷한 종류의 문제에 부딪히게 되어 발을 동동 구르게 됩니다.

대학 분쟁 당시를 떠올려보면 이 점이 잘 이해됩니다. 그 당시에 정면으로 문제에 맞섰던 사람들의 후일담을 들어 보면 그리 나쁘지 않습니다. 당시에는 일시적으로는 상당한 번거로움과 스트레스를 짊어지게 되어 손해를 보는 것 같아 보여도, 나중에 그 경험이 살아나죠. 반면에 요령 있게 처신했던 사람들은 의외로 결말이 좋지 않습니다.

사회에서 일어나는 문제를 피하면, 비슷한 문제에 부딪혔을 때 대처할 수 없기 때문입니다. 「이럴 때는 이렇게 하면 된다」는 상식이 몸에 배지 않기 때문입니다.

이는 사회적 문제에만 국한되지 않습니다. 사회적 문제에서 도망친다 해도, 그와 비슷한 구조의 문제를 가정 내에 떠안게 되는 경우도 있습니다.

그때 도망치는 습관을 가진 사람은 제대로 대처하지 못합니다. 그래서 결국은 완전히 도망갈 수 없게 됩니다.

「도망치는 것」이 가능해지는 경우는 새로운 문제가 눈앞에 나타나기 전에 죽었을 때뿐일 것입니다.

또한, 신체적 문제나 유전적 문제 등은 별개로 하고, 인간관계나 일 관련과 같은 세상 문제들은 어딘가에서 자신이 지금까지 해왔던 것들의 결과인 경우가 많다고 생각해도 좋지 않을까 싶습니다.

「나는 아무 잘못도 없는데 귀찮은 일들이 계속 닥친다」고 본인은 생각하더라도, 주변에서 보면 그 사람 스스로가 귀찮은 일을 자초하고 있다고 보는 경우도 있습니다. 어딘가에서 타인이나 사회와의 거리 두기나 관계 맺는 방식을 잘못 잡았기 때문일 수 있죠. 하지만 도망쳐온 사람에게는 그것이 보이지 않습니다.

다양한 사람들과 교류하는 것은 자신이 어느 정도까지 감당할 수 있을지를 알기 위해 도움이 됩니다.

이런 것을 배우는 데는 때로 학교 교육이 방해가 됩니다. 표준을 정해 시험으로 우열을 가릴 수는 있지만, 세상을 살아가는 데는 그 외의 것들이 더 중요한 경우가 대부분이기 때문입니다.

타인과 관계를 맺고, 때로는 번거로운 일을 떠안습니다. 그런 상황을 객관적으로 바라보며 즐길 수 있는 마음가짐을 가질 수 있다면 상당한 수준에 이른 것입니다.

자신이 어디까지 할 수 있고, 할 수 없는지에 대해 망설임이 생기는 것은 당연합니다. 특히 젊은 사람이라면 망설이는 일뿐일 것입니다. 하지만 사회를 살아간다는 것은 바로 그렇게 망설이는 것입니다.

어느 정도의 부담까지 「위 용량」이 무사할지, 삼키기 전에 명확하게 알 수는 없습니다. 그런 의미에서는 운에 좌우되는 부분도 있고, 도박이 되어버리는 측면도 있을 것입니다.

무엇인가에 부딪히고, 망설이고, 도전하고, 실패하는 과정을 반복하게 됩니다. 하지만 바로 그렇게 스스로 키워온 감각을 「자신감」이라고 부릅니다.

맺음말

이 책은 신초신서(新潮新書)로 출판할 때의 관례(?)에 따라, 제 이야기를 편집부의 고토 유이치(後藤裕一) 씨가 정리한 원고에다 제가 손을 좀 봤습니다(「머리말」과 이 「맺음말」은 제외).

제가 직접 쓸 수도 있었지만, 같은 이야기라도 한 번 타인의 머리를 거치면 이해하기 쉬워지는 경우가 있습니다. 제 생각만으로 글을 쓰면 소위 애독자분들은 기꺼이 읽어주시지만, 그렇지 않은 분들에게는 어렵다거나 이야기가 이어지지 않는다던가 너무 장황하게 느껴진다는 다양한 지적을 받게 됩니다.

그래서 최근에는 일반적이지 않다고 생각되는 주제의 책은 제가 직접 쓰고, 조금 더 많은 사람들에게 읽히고 싶을 때는 일종의 「대필」 방식으로 책을 내고 있습니다.

어찌 생각해 보면 사치스러운 얘기죠.

하고 싶은 말을 꽤 많이 했으니, 당분간 이런 종류의 책은 만들지 않을 겁니다.

자신의 벽

"자아 찾기"를 멈추고,"진정한 자신감"을 키워라

초판 발행 2025년 6월 9일

지은이 요로 다케시

옮긴이 정유진 한정선

발행인 김예은
발행처 노엔북
주 소 서울특별시 서초구 강남대로53길 8 11층
전 화 050-71319-8560
팩 스 050-4211-8560
출판등록일 2018년 7월 27일
등록번호 제2018-000072호
E-mail nonbookkorea@gmail.com

ISBN 979-11-90462-58-7 [03830]